冲浪歌

徐荣街诗选

徐荣街◎著

中国言实出版社

图书在版编目(CIP)数据

　冲浪歌 : 徐荣街诗选 / 徐荣街著 . -- 北京 : 中国
言实出版社, 2023.9
　　ISBN 978-7-5171-4579-0

　　Ⅰ . ①冲… Ⅱ . ①徐… Ⅲ . ①诗集 – 中国 – 当代
Ⅳ . ①I227

　　中国国家版本馆 CIP 数据核字（2023）第 170004 号

冲浪歌——徐荣街诗选

责任编辑：张　朕
责任校对：佟贵兆

出版发行：中国言实出版社
　　　地　址：北京市朝阳区北苑路180号加利大厦5号楼105室
　　　邮　编：100101
　　　编辑部：北京市海淀区花园路6号院B座6层
　　　邮　编：100088
　　　电　话：010-64924853（总编室）　010-64924716（发行部）
　　　网　址：www.zgyscbs.cn　电子邮箱：zgyscbs@263.net

经　　销：新华书店
印　　刷：北京虎彩文化传播有限公司
版　　次：2023年9月第1版　2023年9月第1次印刷
规　　格：710毫米×1000毫米　1/16　25.25印张
字　　数：390千字

定　　价：98.00元
书　　号：ISBN 978-7-5171-4579-0

作者与夫人合影

徐荣街（1941—2022），笔名夜舟，江苏沛县人。江苏师范大学文学院教授、硕士生导师，中国现当代文学研究专家、诗人，曾任江苏省作家协会第四、五届理事。主要著作有《中国新诗人论》《二十世纪中国诗歌论》《斑斓的枫叶》《湘西之子沈从文》《小学语文古诗词译析》，主编《现代抒情诗100首》，合编《古今中外朦胧诗鉴赏辞典》《现代抒情诗选讲》《唐宋词选译》《唐宋诗选译》《唐宋词百首译注》《中国现代文学词典》《教子诗选》《古诗词评析》等。离世前完成《中国新诗百年史》。

他，就在我们中间
——"王杰精神"颂
徐荣街

1

那一道弧光
竟引发如此长久的裂变
星转斗移的十年
我们的心中还交汇着闪电

那一声轰鸣
竟产生如此强烈的震撼
潮涨潮退无止息
华夏大地仍然在山呼水唤

一个身影扑过去
扑向了时代的制高点
一座丰碑耸起来
耸立在亿万人的心坎

作者手迹

前言

自古江苏丰县、沛县一带，是龙腾飞天之地，大汉雄起之邦，有着淳厚坚毅、崇文尚武、剽悍豪放的民风。农家少年徐荣街就在这古风盎然的微山湖边出生、成长，其儒雅之性，深受社会风气濡染，骨子里志向高远，情思深致。渐渐长大，时代变迁，得以展翅飞翔，先后负笈邳县大运河边、徐州云龙山下。受诲皆饱学之师，饱承恩露；同窗多有志青年，比翼竞飞。他沉醉在书本里，浸淫于诗词中，激于情，感于事，发于义，便尝试用诗笔描绘生活，歌唱时代，抒写情感，诸多诗作发表在省内外报刊上，成为名噪同辈的青年诗人。二十世纪六十年代初，毛主席等革命先辈为雷锋题词如日月丽天，光芒万丈，和雷锋同龄的诗人感动于伟人号召和雷锋事迹，在《中国青年》上发表《你只有二十二岁》《接班人之歌》等，先鸣于时，声震诗坛。此后便一发而不可收，佳作频出，终生执教笔耕六十五年而不辍。

诗人紧跟时代脚步，关注社稷民生，洞鉴古今，所吟皆史实、世事，所咏皆眼前景、耳边声，心忧国家之兴衰存亡，情系民众之悲欢痛痒。诗人天赋神思，健笔纵横，放眼万里，思接千古，或巧结，或妙转，令人深思遐想，耳目一新。

作者身为诗人、学者、教授，古今中外诗作名篇都有所涉猎，尤对抒情诗有较深刻的体味探究，融汇于衷，所作必然融冶古今，扬陈创新。这样应时势、接地气、贴人心的作品，读来定让人深受陶冶，获益匪浅。

目录

1

冲浪歌（序诗）

一九九五年七月

冲浪，冲浪，
让心花与浪花一起开放。
冲浪，冲浪，
让生命与青春再一次闪光。
冲浪，冲浪，
驰骋一次飞出天外的奇想，
体验一次拥抱大海的欢畅！

冲浪去——
走出楼群的困扰，
抛开人世的繁忙，
去领略湖光山色好风光。

冲浪去——
穿过"飞流洞"，
走过"水云乡"，
一路上，诗情画意任欣赏。

冲浪去——
驾起独木舟，
潇洒走一趟，
人生贵在一个"闯"！

冲浪，冲浪，
少年活泼，
青年强壮，
老年硬朗，
冲浪去呀——
沐浴阳光和浪花，
生命才健旺。

冲上去，甩掉疲劳和烦恼，
冲上去，身心灵魂受涤荡；
冲上去，攀越一个新高度，
冲上去，捕捉一个新希望；
有浪不冲，人生太寻常，
劈波斩浪，生命才辉煌！

冲浪，冲浪，
笑声起落，神采多飞扬；
冲浪，冲浪，
浪花飞溅，谱写人生新篇章！

你只有二十二岁 [1]

一九六三年三月

你只有二十二岁？

不对，不对，

二十二岁是什么样的年龄啊，

七分热情、二分幼稚、一分沉醉……

就像羽毛未丰的新燕，

虽然爱着白云蓝天，

可才刚刚要展翅起飞；

就像充满新绿的春草，

虽然领受了太阳的光辉，

可还没有经受雨打风吹。

然而你——雷锋同志，

脚步却是那样地稳健，

胸怀是那样地开阔，

思想是那样地深邃……

就像一只勇敢的山鹰，

风里，不退，

雨里，不退！

金色的翅膀，

闪耀着金子的光辉！

你只有二十二岁？

[1] 原载《中国青年》1963 年第 5、6 期。

不对，不对，
湘江畔回响着你清脆的歌声，
弓长岭洒下了你滚烫的汗水，
你驾着那绿色的骏马啊，
追星赶月，
跑遍了大江南北。
农民——工人——战士，
红色！红色！红色！
你每一分每一秒都写着红色的历史啊，
闪光的思想没落上半点尘灰！

你只有二十二岁？
是的，你只有二十二岁！
二十二岁是怎样的年龄啊，
朝气勃勃、轰轰烈烈、奋发有为……
你不知道什么是挑剔和选择，
你只懂得干，干，干！
给，给，给！
你真的是傻吗？
你傻得对，
你傻得美！
你只有二十二岁？
是的，你只有二十二岁！
你这二十二岁的一生啊，
绝不是一片落地即逝的雪花，
你每跨一步，就带起一阵春雷！
你这二十二岁的一生啊，
在党团的旗帜上抹上了鲜红的一笔！
二十二岁多短暂啊，
可谁能说：

一寸黄金不比一堆炉渣更珍贵！

你只有二十二岁，
你只有二十二岁！
雷锋同志啊，
就是用十倍百倍的岁月，
也量不尽你青春的光辉！

接班人之歌 [1]

一九六三年六月

未来的大厦谁来建？

未来的天地谁主宰？

革命的红旗谁来接？

亲爱的党啊

我们，我们，我们，

红色的新一代！

我们年轻，像一轮红日刚出海，

我们健壮，像一排排白杨要成材，

我们热情，像滚滚的浪潮熊熊的火，

我们纯洁，像蓝天、白云彩……

我们生得壮，

我们长得快，

我们赶上了——

更加壮丽的好时代！

黄金千载不生锈啊，

红花万年开不败，

无产阶级的子孙啊，

革命本性永不改。

我们的血管里，流着老一辈的血，

---

[1] 原载《中国青年》1963 年第 12 期。

我们的胸膛里，燃着对祖国的爱，

伸出这双手，

跟爷爷爸爸一样大，

粗壮、有力、放光彩。

他们的手，捣碎了罪恶的旧社会，

我们的手，能托出美妙的新时代。

晃晃这肩膀，

跟爷爷爸爸一样宽，

结实、坚硬、似钢块。

他们的肩，扛起了祖国的灾难，民族的苦，

我们的肩，万斤担子能担起来。

拍拍这胸脯，

跟爷爷爸爸一样阔，

铁壁铜墙有气派。

他们胸中，有红色的风暴，红色的雨，

我们胸中，装得下大山装得下海！

老一辈的身骨和气概啊，

传给了我们这一代，

老一辈的希望和理想啊，

传给了我们这一代！

我们是红色的新一代，

革命的阳光照胸怀。

今天我们穿皮鞋，

没忘掉，长征路上的茅草鞋；

今天我们吃白米，

没忘掉，红军咽菜煮皮带；

今天我们盖暖被，

没忘掉，岷山风雪扑面来；

今天我们走大道，

没忘掉，腊子口上，

千丈陡壁挂悬崖。

忘不掉，渣滓洞里铁镣响，

忘不掉，龙华桃花带血开，

忘不掉，长江天堑人争渡，

忘不掉，金戈铁马穿火海……

忘不掉啊忘不掉，

红色的历史，

老一辈一页一页用血写；

阳关大道，

老一辈一步一步踏出来！

我们是红色的新一代，

风里不会摇，

浪里不会摆，

熊熊烈火烧不化，

滔天洪水冲不歪！

狡猾的狐狸，变色的蜥蜴，

——我们能辨认；

治病的药，害人的草，

——我们能分开！

我们坚信，道路越走越平坦，

不怕那脚下的葛藤和石块，

不怕那西边天上有阴霾！

我们是革命的接班人，

我们是红色的新一代；

我们的脚步永不乱，

我们的斗志永不衰；

我们手中的大红旗，

鲜艳夺目不走色；
我们口中的国际歌，
一个音符不能改！
亲爱的祖国啊，
亲爱的党：
旗帜我们打下去，
越打越鲜明！
历史我们写下去，
越写越灿烂！
战歌我们唱下去，
越唱越豪迈！
把未来的世界啊，
交给我们这一代！
我们来了！我们来了！我们来了！
让我们世世代代在革命的跑道上，
进行一场
永不休止的接力赛！

我们是红色的新一代，
我们能继往，
我们能开来，
在新的工地上，我们登上了脚手架；
在古老的北大荒，我们坐上了驾驶台；
在茫茫的云层里，我们乘着银燕飞；
在滔滔的海浪里，我们的快艇任往来；
在喧闹的工厂里，铁牛钢马我们造；
在辽阔的田野里，瓜果禾苗我们栽……
啊——
哪里有生活，
哪里我们在！

哪里有战斗，
哪里我们在！
老一辈的胸脯前啊，
站起了革命的接班人，
红旗红霞红光里，
有我们红色的新一代！

绿野放歌^[1]

一九六四年七月

　　　我的家乡有肥沃的土地，清澈的河流，勤劳勇敢的人民……

啊，青山绿水；啊，白云红霞，

啊，铺到天边的田垄，伸向云外的河坝……

哪里有这里天地广阔？

春光万里，银燕展翅。

哪里有这里景色优美？

十里杨柳，十里桃花。

这里的每一棵小草都放着缕缕的清香，

这里的每一把泥土都冒着汪汪的油花，

每一道田埂每一所茅屋都有着光荣的历史，

每一块芦塘每一座村庄都举起过革命的火把！

回来了，踏着老一辈红色的足迹，

回来了，迈着新一代雄健的步伐，

回来了，选一条艰苦广阔的道路，

回来了，画一幅最新最美的图画！

这里，清风拂拂，正飘卷着公社的红旗；

这里，车轮滚滚，正奔驰着公社的车马；

这里，号子声声，正擂动着夺粮的战鼓；

这里，笑声朗朗，正传颂着丰收的佳话。

---

[1] 原载《中国青年》1964 年第 7 期。

回来了，把千斤担子挑在咱们肩上，
回来了，把万顷绿野写在咱们名下。
"穷白"咱们来扫，美景咱们来画，
汗水咱们来流，战马咱们来跨。
而今啊，就该咱们这一代，
骑马挎枪走天下！
说什么，扶犁拉耙"泥腿子"，
劳动使青春放光华；
说什么，缺乏理想"没出息"，
农村广阔天地大。
是春雨就要落下地，
是种子就要爆出芽，
是矿石就要去熔炼，
是木材就要建大厦，
是革命的接班人啊，
看党的旗帜听党的话！
旗帜朝哪——就向哪！
党叫干啥——就干啥！
党的大手一指点，
顶风冒雨咱来了！
走，挽起裤管袖口，
走，赶着肥牛壮马，
走，接过锄头镰刀，
走，跟着第一线上的行家。
铁镐呀，高高地举，
犁头呀，深深地插，
禾苗呀，细细地栽，
蓠篱呀，紧紧地抓。
踏水车，哪管它脚底磨出茧，
开荒地，哪管它腰酸臂发麻，

守场头，哪管它大雨如瓢泼，

堵缺口，哪管它水深河堤滑，

哪管它，双肩红肿手起泡，

哪管它，满脸汗水直滴答。

褪一层白皮呀红一层心，

经一次炉火呀少一分渣，

吃一日艰苦呀得百日甜，

落一路汗珠呀结一路瓜！

风来吧！雨来吧！

嫩苗要长成参天树，

白书生要变成红专家。

风来吧！雨来吧！

上路的英雄不回头，

第一线的闯将不解甲！

走，到东山，到西岭，

走，到南坡，到北洼。

铲掉这秃山——拔去眼中的钉，

翻开那碱地——卸掉肩上的枷，

填平这沙河——割断绊脚的绳，

降服那狂风——捆住风中的霸！

耕，一犁一锄，耕掉穷困旧面貌，

耕，一犁一锄，耕出蓝天万里霞，

耕，一犁一锄，耕出金山粮食囤，

耕，一犁一锄，耕出个如花似锦的新国家！

耕啊，耕啊，

在这肥沃的土地上，

春风如马任咱跨，

绿野如云随咱踏；

耕啊，耕啊，

在这光荣的土地上，

描龙绣凤咱们来，
耕云播雨是咱家！

春天呀，咱在这里插下秧，
秋天呀，咱在这里叠金塔，
闹春播，咱在这里摇耧铃，
庆丰收，咱在这里吹唢呐。
咱们的粮棉哟，
车装船运遍四海，
咱们的热血哟，
掀波推浪走天涯！
别看咱身居茅草屋，
胸中呀，七大洲风云任变化；
别看咱双脚踩污泥，
世界地图眼底挂！
啊，天地多宽咱胸多宽，
祖国多大咱心多大！
在这里，咱要挖沟渠开河道，
在这里，咱要修水库建水闸，
在这里，咱要安电磨挂银灯，
在这里，咱要开铁牛驾钢马。
要让那，新式风车展银翅，
要让那，抽水机喷出雪浪花，
要让那，金波银浪滚滚来，
要让那，牛群羊群遍山洼……
咱们这块绿野呀，
捧在党的手心上；
咱们这代青年呀，
站在党的旗帜下。
祖国的前程铺锦绣，

咱们的前程铺锦绣，
祖国的前程飞红花，
咱们的前程飞红花！

啊，青山绿水；啊，白云红霞，
啊，铺到天边的田垄，伸向云外的河坝……
看吧！海阔天空，红鹰展开了雄健的翅膀，
山高路远，英雄迈开了矫捷的步伐！

周总理胸前的徽章

一九七六年一月八日

　　敬爱的周总理在他生命的最后十年，一直佩戴着嵌有"为人民服务"的金字徽章。

在他生命的最后十年，
这一枚普通的徽章啊，
一直佩戴在他的胸前，
"为人民服务"五个金字，
经冬历夏，
日夜闪烁着不息的光焰。
这徽章的后面——
是一个无产阶级革命家的宽广胸怀，
这徽章映照出——
一个共产党人的忠诚肝胆，
这一枚小小的徽章啊，
燃起我们多少炽烈的情感，
牵动我们多少深情的怀念……

我仿佛看到他佩戴着这枚徽章，
正和毛泽东同志亲切交谈，
睿智的双目光华闪闪。
他的思绪连着北国草原，南海渔帆；
他的心中牵挂着藏民忧乐，苗家冷暖。

多少次视察归来，他向毛主席报喜，
衣袖上带着稻香，大手上带着油斑；
多少次即将远访，他向毛主席辞行，
带走兄弟的情谊，带去坚定的信念。
是他操尽心血，踏遍青山，
把革命的重担挑在双肩；
是他把光辉的理想化作春风甘霖，
让和煦的阳光洒遍人间。

我仿佛看到他佩戴着这枚徽章，
正神采奕奕坐在办公桌前，
面前的文件堆叠如山，
他精心批阅，认真圈点。
油田的钻机在他笔下敞开歌喉，
乡村的稻谷在他眼底金浪翻卷。
祖国的山川丘壑都得到他大手的爱抚，
祖国的花草树木都得到他心血的浇灌。
当八亿人民憧憬着未来甜蜜入睡，
他正为祖国描绘着壮美的明天。
倦了，吹一吹夜风，望一阵北斗；
饿了，喝一杯清茶，咽几口饼干。
请问那秋夜的明月，春晨的流云，
他伴着灯光度过了多少不眠的夜晚！

我仿佛看到他佩戴着这枚徽章，
正健步走上四届人大的讲坛；
汹涌的波涛在他胸中翻腾，
四个现代化的宏图在他胸中铺展。
他剑眉高挑，目光炯炯看穿未来，
他语调铿锵，字字句句播响进军的鼓点。

整个世界都在静静聆听啊，
聆听他激动人心的发言；
热情的话语赢得了代表们暴风雨般的掌声，
宏伟的目标掀起亿万人民心中的巨澜。
我们的祖国啊，再不会老牛破车蹒跚百年，
社会主义的骏马金鞍银镫，展翅云天。
周总理要我们两步跨入世界前列，
横越千条江水，万仞峰峦！

我仿佛看到他佩戴着这枚徽章，
正顽强地战斗在首都医院：
他斜倚病枕，批示了多少文件、来信，
他抱着病躯，作了多少难忘的会见。
当医务人员在手术室心情沉重地为他包扎伤口，
他却微笑着把党委书记叫到面前。
在这病情危重的时刻，他想着啊，
想着万里之外的矿工、太行山的社员，
云南锡矿工人的肺癌、林县农民的食管癌……
要去解决这个问题，攻克医学难关……
他那断断续续的细微的声音，
充满海一般的深情，传送着党的温暖。

在他生命的最后十年，
这一枚普通的徽章啊，
一直佩戴在他的胸前。
人民的好总理，
为人民战斗到最后一息，
安详地微笑着闭上了双眼……
是啊，他的遗体还不满八十市斤，
他的精神却重如泰山！

一个共产党人用他的全部心血，
写下了一部不朽的遗著——
"为人民服务"这五个金字啊，
沾溉百代，光照万年！

淮安，我心中的名城 [1]

一九七六年四月

　　淮安是周总理的故乡，这里有夕峰塔、镇淮楼、关天培祠堂等古迹。总理故居由东西相连的两个庭院组成，东院临驸马巷，西院临曲巷，两院之间有一狭长空院，中有水井一口。在这座宅院里，周总理度过了他的童年。

唐朝的夕峰塔啊，卓然挺立；
宋代的镇淮楼啊，巍巍高耸。
五千年前的青莲冈文化，
为你赢得了偌大的名声，
江淮平原是你安谧的摇篮，
大运河映照着你清俊的身影。

啊，淮安——你这历史悠久的古城！

这里，曾留下民族英雄韩世忠的足迹，
这里，回荡着梁红玉激越的鼓声。
古楚州哟，到处有反封建王朝的呐喊；
元、明、清，哪一代停止过反抗的斗争？
当人们静静地步入关天培祠堂，
鸦片战争的烈火啊，又一次在眼前升腾。

啊，淮安——你这有着斗争传统的古城！

[1] 原载浙江人民出版社 1979 年第 4 期《群众演唱》。

我几次扑向你的怀抱，淮安，
可不是为了发思古之幽情。
我在一条小巷里久久地徘徊，
我在一座宅院前献上公民的至诚。
淮乡的风，揩不尽我滚滚的泪珠；
我的心潮啊，好似运河水波翻浪涌。

啊，淮安 ——你这令人情牵意绕的古城！

一个伟人诞生在这普通的庭院，
中国的上空升起了一颗璀璨的巨星。
他在这里度过了童年时代，
院中的蜡梅啊，铭记着他英俊的面容。
他儿时就立下了远大的志向，
从这里起步，踏上了革命的征程。

啊，淮安——你这光荣幸福的古城！

在那冰雪肆虐的隆冬，
在那雨雪纷飞的清明，
多少泪水洒湿了小巷啊，
庭院的石阶载不动亿万人的悲恸。
层层叠叠的白花缀满了淮安，
运河的涛声呼唤着总理的姓名。

啊，淮安——你这沉痛悲愤的古城！

庭院的榆树啊，枝干挺拔，傲立苍穹，
它笑对着飞渡的乱云，

瞻望着韶峰的碧竹青松。
庭院中的水井啊，波光粼粼，清澈如镜，
它和上屋场的池塘一样啊，
照见了共产党人的坦荡心胸。

啊，淮安——你这光明磊落的古城！

今天啊，雷雨过后，山明水秀，
夕峰塔披上了七色彩虹，
大运河弹起欢乐的琴弦，
把人民的好总理尽情地赞颂。
淮安在花海青松中耸入云霄，
映衬着周总理欣慰的笑容。

啊，淮安——我心中的名城！

清明曲

一九七七年四月

一

纷纷细雨呀，梳弄着万条柳丝；
灼灼桃花呀，染红了十里长堤；
叮咚的山泉呀，呼唤着解冻的小溪；
声声布谷呀，应和着牧童的短笛。
这是什么节气？
水挼蓝，山凝碧，
嫩笋破土，新燕衔春泥……
呀，"清——明"，
这春分后第十五个日子，
你究竟从何时
写上中华民族的历史？
呀，"清——明"，
这闪光透亮的两个字，
当我们的祖先每次将你迎迓，
多少祈愿，在心头浮起。

两千年我们有过清明盛世，
两千年我们饱经忧患乱离。
清明，人们饮过清芬的酒，
更多的却是咽下生活的苦汁。

清明呀，且莫说，
"万汇此时皆得意"，
雨丝如弦，年年弹出感伤曲——
国事家事，催落多少愁人泪；
灞桥送别，折断多少杨柳枝。
"劝君更尽一杯酒"呀，
阳关三叠唱不息……
呵，莫把诗人深情的吟哦，
看作空泛的词句，
那真挚的情意，
永远敲扣着人们的心扉。

二

但是，我要唱一个
亘古未有的日子。
这个日子——
有人民的血肉打下的印记，
这个日子——
有窒息的民族的第一口呼吸。
这就是一九七六年丙辰清明呀，
"清明"的日子里，
一片浑浑噩噩的天地，
祖国在痛苦中挣扎，
奸臣在筵宴上得意，
人民在血泪中站起……
一夜间，河山披上缟素，
白花缀满松枝，
喷火溅泪的诗词，
烧沸了整个民族的血液。

纪念碑前怒涛卷起，
悲愤的呐喊携着声声霹雳。
民心岂可辱，民意岂可欺，
利剑出鞘斩鬼魅，
洒血捍卫周总理。
清明节——"失明节"，
壮歌一曲动天地！
哪怕戴镣走过长安街，
何惧雨锁铁窗乌云低。
为真理斗争的勇士，
心里装着
锦山秀水，
蓝天丽日。

三

严冬的枷锁砸碎了，
高山小河都在舒展腰肢；
霜神青女[1]退走了，
眼前是融融艳阳飘飘游丝。
让该吐蕾的都吐蕾吧，
让想鸣啼的统统鸣啼。
"圣代无隐者"啊，
拭去泥沙，每个公民，
都是一颗"常林钻石"！
艺术家们放开歌喉吧，
让歌儿同三月的云雀齐飞；
诗人们尽情地吟咏吧，
让诗歌畅抒我们的胸臆；

---

[1] 青女：天神，主霜雪。《淮南子·天文训》："至秋三月，青女乃出，以降霜雪。"

让科学家们努力登攀吧，

为现代化架起金色的云梯……

此刻啊，

仿佛周总理正站在云端，

春天的风正吹动朱老总的军衣；

而我们的彭副总司令啊，

二十年来，第一次露出了笑意。

此刻啊，

老一辈无产阶级革命家，

正指点前程，神采奕奕，

继续率领着我们，

进行伟大的战略转移！

十三陵水库的怀念

一九七七年六月

　　一九五八年六月，敬爱的周总理率领中央和国家机关各部门的领导同志，来到十三陵水库工地，在这里度过了一个多星期。他以一个普通劳动者的身份，亲自拉车，参加了修筑大坝的劳动。

哪里布满脚印？
哪里留下车辙？
周总理的汗水哟，在哪里洒落？
请问天寿山，请问温榆河，
请问十三陵水库的
巍巍大坝，万顷碧波！

这里的一土一石，
都有着美好的回忆；
这里的一草一木，
铭记着幸福的时刻。
柳绿雪飘十九次啊，
十九个春秋风雨里过。
闪光的照片放异彩，
日夜亮在咱心窝。

那是在激情燃烧的岁月，
飞舞的红旗映红了祖国的山河。

十三陵前摆下战阵，
修起水库，不准洪水肆虐。
人人心中装着一片锦山秀水，
十万英雄个个龙腾虎跃。
工地上，号子催开银灯千盏，
喜报染红朝霞万朵。

那一天，天气格外晴朗，
阳光分外暖和，
一道喜讯乘风飞来，
工地沸腾，一片欢歌：
周总理来了——
周总理来了——
迈着矫健的步履，
一身朴素的衣着。

肩膀和咱们紧紧相靠，
大手和咱们一一相握，
指点山水，描绘宏图，
神采飞扬，谈笑诙谐。
多么幸福啊——
工程装在总理的心怀，
多么温暖啊——
总理和咱们连着血脉。

看，车上黄土装得满满，
总理肩搭襻绳亲自拉车。
南风吹拂，衣角飘动，
脚步铿锵，震撼山岳。
周总理的汗水和咱们洒在一起，

化作粼粼清波，浇绿千顷稻禾；
周总理的脚印展现在咱们面前，
每一步都是对革命者的鞭策。

啊，敬爱的周总理，
你是伟大的无产阶级革命家，
又是普普通通的劳动者。
多少次看到你参加劳动的这张照片啊，
每次瞻望都掀起我们心中的大浪洪波。
今天，双手捧起这幅闪光的照片，
我们无限怀念您啊，
仿佛您还在我们前面健步拉车！

毛主席纪念堂之歌 [1]

一九七七年

拔地而起，
倚天而立——
毛主席纪念堂
宏伟壮观，
庄严肃穆。
上悬九天星斗，
下压五洲峰谷。
檐前风雷激荡，
窗口烟云吞吐。
啊，毛主席纪念堂，
你根基稳固，
不是什么钢浇铁铸，
是人民挥动彩笔，
把你精心设计，
为你奠基培土。
你雄姿巍峨，
不是靠什么天工神斧，
是亿万人挥汗如雨，
红心垒作墙壁，
赤胆做成梁柱。

---

[1] 与周广秀合作。原载江苏文艺出版社《无尽的怀念》一书。

啊，毛主席纪念堂，
阳光铺满，
春色长驻。
周遭挺韶山青松，
四围立井冈翠竹。
天山的雪莲，
将在这里扎根开花；
六盘山的树苗，
将在这里长高变粗。
不是雪莲得天独厚，
是毛主席引来东风，
洒下一天甘露。
不是树苗独占春色，
是共产党拨开乌云，
迎来金光万束。
看时时绿荫如盖，
处处花团锦簇——
一朵鲜花啊，
一颗红心；
一颗赤胆啊，
一棵绿树。

啊，毛主席纪念堂，
历史的丰碑，
神圣的建筑。
真理的战士，
在这里静卧，
怎能不环球跂望，
举世瞩目！
红太阳从东方升起，

暂在这里驻足；
毛主席从韶山走来，
暂在这里停步！
君不见光辉的真理，
已飞遍全球；
真理的光辉，
在这里凝聚。
毛主席并没有离开，
地球飞转，
就是他行进的速度；
雷霆行空，
就是他在大声疾呼！

看吧！长安大街上，
走来了工农兵的大军、
无产阶级的队伍——
血液汇成狂澜，
心跳擂动战鼓。
来吧！来接受
毛主席的检阅，
来吧！来聆听
纪念堂的讲述。
毛主席功盖天地，
光照千古。
在这里放眼，
格外高远；
在这里呼吸，
特别急促。
弹千行热泪，
迸万丈豪情；

理万缕哀思，
织千秋宏图。
无产阶级大军
从这里继续挺进，
浩浩荡荡，
无遏无阻。

看吧！烽火深处，
将走来饥寒交迫的穷汉，
揭竿而起的民众。
这里的一砖一石，
他都要轻抚：
真理将融进浑身的血液，
光明将点燃心头的火烛。
对这里的一草一木，
他都要倾诉
人吃人的社会不能延续，
私有制的朽根必须铲除。
采一片绿叶吧，
带万里春色；
撷一缕阳光吧，
照万里征途。
来这里拜谒，
志格外壮；
到此处瞻仰，
劲特别足。
人类解放的步伐，
从这里继续前进，
又踏上入云的高路。

啊，毛主席纪念堂，
我们永存的财富。
想起你——
拨得开漫天迷雾，
看见你——
经得起千辛万苦。
你给我们力量——
天堕能顶，
地陷能补。
你给我们胆魄——
能换日月，
能主沉浮。
啊，毛主席纪念堂，
你在崛起，
敌人在颠仆；
你永在人们心头高耸，
旧世界就要彻底倾覆。
看啊！你的上空
丹霞绚丽，
一轮共产主义朝日，
正喷薄欲出。

大治之歌 [1]

一九七七年三月

一场春雨过后，
山明水秀，玉宇澄澈；
一夜东风吹来，
鹅黄柳绿，满园春色。
一碧长空，朝霞散锦，
江河湖海，熠熠生波。
走万里村社
声声号子，壮我情怀；
过千座春城，
熊熊烈焰，沸我热血！
放开歌喉吧，
挟着雷霆，震撼山岳！
在这大治之年，
唱一支大治之歌……

这支歌，战斗的歌——
毛主席饱蘸浓墨，
挥笔谱写。
漫卷的旌旗，给了它豪情；
胜利的战斗，是它的节拍；
一声声口号，一个个音符；

---

[1] 与周广秀合作。

一次次鏖战，一个个音节。
毛主席掀洪涛巨浪，为它配乐。
一场场革命加一分分力啊，
一次次搏斗润一回回色！
高唱着这支歌，
祖国的青山绿水，
更添红装素裹。
高奏一曲大治之歌，
春雷响处，狂飙天落。
迎着朝阳，
人们心中的鲜花怒放，
心田的绿树累累硕果。
啊，百川归大海，众星拱月，
八亿人民血脉相连，红心同热。
走向全国大治，继承千秋大业。

大治之歌，风吼雷鸣的歌；
大治之歌，气势磅礴的歌。
力争上游是它高昂的基调，
雷厉风行是它豪迈的气魄。
要改天换地，重整山河；
花满莽原，绿溢大漠。
要稻海涌起万顷金涛，
要棉田堆起千堆白雪。
要大江货轮，装运辛勤
要工厂矿山，收获成果。
要生产计划，每页都记载：
超额，超额……
要生产指标，每项都标明：
突破，突破……

现在啊，辛苦充实日常岁月，
喜悦融入了正常生活。
油田轰鸣的钻机，
带给咱满怀豪情；
乡村如火的红旗，
沸腾咱一腔热血。
甩开膀子干吧，
一滴汗珠，一分收获。
看吧——
长征路上的英雄在挥动钢钎；
三五九旅的老兵在高扬铁镢。
当年的老模范攀登技术的高峰，
夜以继日；
今天的新农民为理想的未来，
辛勤耕播。
到处是疾走的脚步，
到处是挥动的臂膊，
到处是匆忙的身影，
到处是闪光的汗珠。
幢幢高楼，拔地而起，势与天接；
列列火车，风驰电掣。
滚滚的硝烟里，人欢马叫；
汹涌的热潮中，龙腾虎跃。
啊，力撼群峰挑五岳，
汗洒九曲溢黄河！
好一场抓纲治国的攻坚战，
好一曲波澜壮阔大治歌！

大治之歌，飞出心窝，

号角声声，震荡山河。
我们高歌猛进，
休说山重水复，
漫道雄关如铁！
向着现代化强国，
进军！进军！
人民的歌喉啊，
唱起大治之歌吧，
向着共产主义的未来，
飞跃！飞跃！

爱晚亭抒情 [1]

一九七八年十一月

爱晚亭原名"红叶亭",后来取意唐代诗人杜牧"停车坐爱枫林晚,霜叶红于二月花"句,改名"爱晚亭"。毛主席在湖南长沙第一师范读书期间,常同进步青年在这里讨论革命大计。原亭年久失修,新中国成立后重建,毛主席亲笔题写了"爱晚亭"三个大字。

爱晚亭啊,你高高地站在岳麓山腰,
枫林松树把你紧紧地、紧紧地环抱。
山溪淙淙,弹奏着永不歇息的琴弦,
鸟儿啾啾,唱红了黄昏,迎来了清晓。

爱晚亭啊,你枒檐耸起好似翘首远眺,
你等着他,等着铿锵的脚步,爽朗的谈笑。
六十年了,六十次丹枫经霜,秋雁鸣叫,
你幸福的记忆就像那湘江翻腾的波涛。

多少个假日,他携来百侣在这里登山、露宿,
一个个青春焕发,风华正茂;
多少个寒暑,他们在这里"风浴""雨浴",
炼一副铁骨,迎击旧世界的风暴。

多少次啊,他同蔡和森在月下散步,

---

[1] 原载浙江人民出版社 1979 年第 4 期《群众演唱》。

听江水拍岸，听松涛呼啸；
多少次啊，新民学会在这里集会，
满山红叶都腾起熊熊的火苗！

他手中的《湘江评论》《新湖南周刊》，
是向反动派勇猛进攻的号炮，
他那高扬的手臂、握紧的拳头啊，
掀起了"反袁驱张"的冲天怒潮……

爱晚亭啊，你这历史的光荣的见证，
看到你怎能不忆起他的音容笑貌；
我曾在你的身边捡来一片殷红的枫叶，
它化作了火炬，日夜在我胸中燃烧！

爱晚亭啊，高高地站在岳麓山腰，
你把壮丽江山映衬得如此多娇！
我们爱湘江无比瑰丽的傍晚，
我们更爱祖国那金色的明朝！

写在望麓园

一九七八年十一月

一九一五年九月，袁世凯准备称帝，毛泽东曾印发反袁小册子；这一年湖南人民开展驱逐军阀张敬尧运动，毛泽东也是这次运动的主要领导人。一九二六年十二月，毛主席住在长沙市建湘中路望麓园。次年一月，毛主席从这里出发，实地考察了湘潭、湘乡、衡山、醴陵、长沙五县的农民运动。在这里，毛主席向湖南省委做过农民运动考察报告。

小巷深深，
庭院静静。
轻点儿，轻点儿，
请把脚步放轻，
此刻，毛泽东同志
正在这里办公。
你看他衣角上，
雨水还没有拧去，
身边的雨伞啊，
还没有来得及收拢。
他沙沙沙，伏案疾书，
记下湘乡贫农的笑语，
写出醴陵会员的愤怒。
在他那红格十行稿纸上啊，
卷起了滔天洪峰，
滚动着万钧雷霆！

小巷深深，

庭院静静。

快来哟，快来，

快坐在这常青树下细细聆听，

此刻毛泽东同志

正谈笑风生。

他用生动的语言

描绘了伟大的运动，

他用热情的词句

赞颂了"革命先锋"。

他炽烈的感情，

燃起咱心中熊熊的大火；

他有力的手势，

掀起湘江不息的涛声。

"好得很！"这三个字啊，

像一柄劈山的利剑，

像一道飞天的彩虹！

小巷深深，

庭院静静。

来这里瞻望，

按不住一腔豪情。

你看哟，你看，

咱们眼前——

金菊飘香，

碧竹摇曳，

枫林火红，

岳麓青青——

咱们望啊，望啊，

凝视着岳麓山挺拔的山峰。

一代伟人
宛如这不老的青山，
千秋万代
矗立在我们的心中！

呵，岳飞

一九七九年四月

　　岳庙已经整修，人们看到新塑的岳飞像堂堂正正地立在那里。

呵，岳飞！我看到你了
看到了你的磊落形象
你依然是怒发冲冠
剑眉挑起，头颅高昂
身上的甲胄寒光闪耀
手中的宝剑铮铮作响
你仿佛刚刚跳下战马步上楼头
八千里风云还在眼底回荡

呵，岳飞！我拜谒你来了
迎着这三月的融融艳阳
谁会料到八百年后
你又被关禁了十多个春秋
这一次竟比当年还要漫长
可是你一点儿没有憔悴苍老
一颗结实有力的心啊
依然跳动在宽厚的胸膛

呵，岳飞！我同你长谈来了，
要向你吐露一个普通百姓的衷肠

那年深秋，我披风冒雨从庙前走过
分明听到你向我走来，脚步铿锵
满院秋叶伴着你哗啦啦的镣声
狠狠地撞击着这四面的高墙
有良心的中国人不会将你淡忘
你的忠魂活在整个民族的心上

今天，钱塘潮水洗尽了十年羞辱
美丽的西子湖碧波荡漾
呵，岳飞！你为什么满心欢喜又面色严峻
向每个来访者投出深邃的目光
我知道你壮烈的情怀没有平息
那一曲《满江红》也不会停唱
只要人间还有潇潇的风雨
你永远会仰天长啸，举目远望

唱给白求恩的歌
——写在白求恩大夫墓前
一九七九年五月

背后是郁郁青松，
面前是灼灼桃花，
你高大的塑像巍然屹立，
迎着旭日，披一天云霞。

谁说你已经停止了呼吸，
晨风阵阵，正吹拂着你两鬓白发；
谁说你已经在这里安睡，
你头颅高昂，正跨着雄健的步伐。

你仿佛刚走出那间朴素的窑洞，
结束了和毛泽东的亲切谈话；
眼底烽火燃，胸中起浪花，
到前线去——穿起草鞋——立即出发！

你仿佛正跋涉在千里火线，
精神抖擞，骑着那匹棕红色的战马，
冲破五台山的硝烟，披着雁北的风雪，
踏过冀中的黄沙……

你仿佛正站在手术台前，

突然，一颗炮弹在身边爆炸，
"是共产党员就不顾个人安危"，
手中的手术刀怎能放下！

你仿佛推开了拥挤的人群，
挥动着胳臂，正走近伤员的担架，
"我是 O 型万能输血者，
为了前方，一点血算得了什么！"

你的血正一滴滴流进战士的血管，
你的手正一遍遍抚摸着伤员的面颊，
一批批伤愈儿女回到了前线，
正呼唤着你的名字同敌人拼杀。

白求恩大夫啊，四十年只是历史的一刹那，
在中国人民的心中，你永远神采焕发，
站在你的墓前，我听得见你心脏的跳动，
仰望你的容颜，我看见了你思想的光华。

而今啊，你的墓前留下了重重叠叠的脚印，
你的身边开遍了四季不凋的鲜花，
你的眼底飘卷着温柔的红旗，
你的耳畔传来了新时代的佳话。

法蒂玛大妈正握着中国大夫的双手，
激动的泪水滚滚落下，
是谁为她摘除了四十四公斤的囊肿，
给了她均匀的呼吸，轻快的步伐?

乔涩大朋友又抡起了铁镐，

在千里铁路线上把热汗挥洒，
是谁断肢再植保住了他的大手，
让他能铲除荆棘葛藤，填平坑坑洼洼。

白求恩大夫啊，你的名字留给了火红的时代，
你的精神开放出不凋的鲜花，
"毫不利己，专门利人" ——是你留下的路标，
"革命友爱，不分中外" ——是你树起的灯塔。

背后是郁郁青松，面前是灼灼桃花，
你高大的塑像披着新世纪的云霞，
看啊，一代代人正从白求恩大夫面前走过，
步履轩昂，意气风发！

眼睛 [1]

一九七九年八月

他是一个十八岁的新兵，
他有着一对调皮的眼睛。
刚入伍时，爸爸还在信中"训斥"：
严肃点！练兵场就是战场，要带着敌情！
而在妈妈甜蜜的梦中，
他总是忽闪着一双大眼，
——请妈妈放心吧，
你的儿子掂得出枪杆的轻重。

他是一个年轻的新兵，
他有着一对深情的眼睛。
来到边防，他饱览了祖国的锦山秀水，
南疆的木棉树啊，点燃了他心中的爱情；
而当他听到孩子的呼唤，老人的倾诉，
他的泪水在眼里滚动；
当他看到烧焦的竹林、倒塌的村舍，
他的眼中迸出了火星！

他是一个勇敢的新兵，
他有着一对明亮的眼睛。
攻打××，他用枪刺挑开夜幕前进，

---

[1] 原载 1979 年 8 月《解放军文艺》，1980 年 7 月获中国人民解放军原总政治部文学创作奖。

进军××，他把仇恨填满爆破筒，
一米、两米……他勇猛地扑向敌堡，
一步、两步……他步步遵循党的命令。
突然，一道火光从他面前飞过，
敌人罪恶的弹片夺去了他的眼睛。

他是一个忠诚的新兵，
他有着一对不闭的眼睛。
凭借听觉，他辨清了敌人的火力点，
他全靠一双手，摸准了暗堡的射孔。
投进去——惩罚豺狼的炸弹！
投进去——九亿人民愤怒的雷霆！
一声巨响，进军的道路扫平了，
火红的战旗在他眼前飞腾……

他是一位年轻的英雄，
在还击战中失去了一双眼睛。
不啊，他军帽上的红星正骄傲地闪耀，
钢铁战士永远目光炯炯。
此刻，江潮林涛正为他纵情高歌，
他仿佛看到了妈妈欣慰的笑容，
为了我们不失去一寸土地啊，
他警惕的眼睛永远留在了祖国的边境……

咏精忠柏

一九七九年十月

　　重新修建后的岳庙里，陈列着八段柏树化石。传说在南宋临安（今杭州）大理寺狱的风波亭旁，有古柏一株。岳飞死后，这株柏树也跟着枯萎，最终变成了化石。

柏树变成化石，
本来是大自然的奇迹，
让我坦率地说——
这同岳飞的死毫无关系。
人们执拗地将你放在这里，
是因为你经历了——
高压的锤锻，
岁月的冲洗。
只有你呀，能体现一个民族
浓烈的感情，
纯贞的信念，
不屈的意志！

你是一亿年前的树木呀，
风波亭前的那一株古柏，
应该是你的子侄。
但是，看见你，
我们看到了——

它那威武的身躯，

峥嵘的绿枝！

你是一亿年前的精灵呀，

风波亭前的那一株古柏，

定然是你的后裔。

但是，走近你，我们听见了——

它那不平的呼喊，

忧愤的叹息。

那是一个阴阳易位的时代，

太阳被浓云禁闭，

万物断绝了生机，

一切栋梁之材呀，怎不枯死！

那是一个贤愚错乱的王朝，

忠直被戴上镣铐，

佞邪在刑堂狂喜，

万家墨面呀，连思想都黥上印记！

精忠柏呀，精忠柏，

你这有血有肉的化石，

人们相信你真的生在南宋呀，

来吧，请你这来自大理寺的冤魂，

证实那一段屈辱的历史！

精忠柏呀，你这世上罕见的化石，

瞻望你引起我如潮的情思——

昨夜，灯下诵读《天安门诗抄》，

我听到了整个民族的哭泣，

窗前松枝摇曳，纷纷坠倒，

多少精忠柏啊，活在我绿色的梦里。

五女川上的歌

一九八〇年一月

一九四七年八月，周总理跟随毛主席转战陕北，在去佳县杨家园子的途中，被山洪阻隔。

五女川啊，
你这条地图上查找不到的小河，
今天，我听到你正在陕北弹唱，
唱一支无限深情的颂歌——

一

那是在生死决战的年代，
那是在电闪雷鸣的八月，
毛主席、周副主席率领中央机关，
在陕北的山路上跋涉。

凶狠的胡宗南匪徒紧紧追赶，
远处的村庄燃起冲天的大火，
那枪声渐渐逼近啊，
乌云疾驰，情况紧迫。

山脚下的枣树在呼喊：

快啊，快翻过山坡！
山头的松树在指点：
快啊，快渡过小河！

昨夜，狂狮般的洪水冲下了山崖，
暴涨的河水翻滚着浊波，
没有桥，也没有船，
毛主席和中央机关的同志如何渡过？

五女川，你心中急啊，心急似火，
你一河波浪划根火柴就能点着；
五女川，你心中恨啊，恨山洪肆虐，
你抓起团团浪花，把它狠狠地摔成碎末！

两岸的山石啊，
为什么不骤然崩塌，滚下山坡？
五女川宁愿让山石填平，
也不能把时间耽搁。

雨后的彩虹啊，
为什么不快点儿降落？
五女川真想把彩虹架在肩头，
让毛主席平平安安走过。

周副主席对着倾泻的山洪大笑，
他风度潇洒，步履沉着。
身后的敌人算得了什么，
半年转战，证明他们是一批蠢货。

周副主席在五女川边来回踱步，

听波涛拍岸，看松枝摇曳，
这里的山川草木他都熟悉啊，
心坎里还装着那动人的传说：

……谁也说不清是哪个朝代，什么岁月，
只知道是一个暴风雨后的深夜，
山前财主家的五个婢女呀，
冲破牢笼，逃出了虎口狼穴。

财主、家丁紧紧追赶，
马蹄声响在耳畔，背后一片灯火。
一条山涧横在眼前，
苍天啊，难道求生的路就这样断绝？

突然天空划过一道闪电，
山涧上搭起桥儿一座，
跑啊，五个姑娘踏着桥身飞上了云端，
跑啊，那是善良的织女投下了银梭。

财主、家丁也追到了桥面，
蓦地，山崖倒塌，桥身摧折，
那是织女收起了银梭，
让可恶的财主化作了鱼鳖……

周副主席在五女川边从容吟哦，
他把渡河的事儿细细琢磨，
我们不能等待织女把银梭投下，
必须架起浮桥把眼前的困境摆脱。

周副主席和指战员们一起商谈，

55

中央机关的同志纷纷献计献策，
山前的老乡送来木料、门板，
山上的民兵背来榔头、绳索。

周副主席站在山崖，
铿锵的话语震撼山岳：
保卫党中央和毛主席的安全，
是每一个战士的光荣职责。

五女川啊，你静静地聆听，
宇字句句刻在你的心窝
毛主席有了这样的战友啊，
天大的险阻也能够飞越！

五女川啊，你转忧为喜，
千百年来，你没有过这样的欢乐，
你亲眼看见毛主席的亲密同伴，
赴汤蹈火，把前进的道路开拓！

五女川啊，你永远不会忘记，
周副主席饭没有吃，水顾不上喝，
他和战士一起抬木料啊，
笑声震山坳，汗水滚滚落……

二

山尖上升起一轮皓月，
晚风吹拂，疏星闪烁，
奔腾的山洪停止了喧嚣，
一座浮桥静静地把两岸连接。

毛主席和部队马上就要出发，
那是谁啊，已经两次从浮桥上走过。
他时而停住脚步踏试着木板，
他时而弯下腰把桥桩观测。

这多像当年在湘江渡口，
他守在江边不顾寒风凛冽，
目送着毛主席安全渡过江去，
他舒展剑眉，无限喜悦。[1]

这多像昔日在泸定桥上，
他突然听到有一块木板开裂，
毛主席和许多同志还没有过桥啊，
他亲自修复，神态自若。[2]

中国革命的光辉史册上，
记载着他的忠贞和胆略；
战斗征途上的山山水水，
照见了他关怀战友的红心一颗。

五女川啊，仰望着他魁梧的身影，
你看到了一个共产党人的品格；
五女川啊，倾听着他有力的脚步，
你有多少激动的话儿要说：

周副主席你放心吧，
这浮桥简陋——却坚如钢铁，

---

[1] 阙中一：《山山水水记深情》，见 1977 年 1 月 11 日《解放日报》。
[2] 魏国禄：《周恩来同志在长征中》，见 1977 年 1 月 7 日《江西日报》。

只要毛主席从这里安全走过，
脚下的波浪也会化作云朵。

周副主席，下命令吧，
战士的心中燃起了烈火，
他们会给胡宗南匪帮无情的惩罚，
对岸的山林里将布下地网天罗。

毛主席率领队伍浩浩荡荡地走过，
月下的五女川闪耀着银波，
金色的浮桥接通了胜利之路，
铁流万里去迎接破晓的曙色。

五女川啊，
你这条永不平静的小河，
你载着一支深情的歌儿，
流进我们子孙万代的心窝……

小河的水呀（外一首）[1]

一九八〇年二月一日

小河的水呀哗啦啦地流，
穿过营房绕田畴，
歌儿声声唱不断，
深情浓似酒——

难忘去年夏，
烈日似火球，
连队蔬菜半枯黄，
乡村禾苗低下头。

怎不急？能不忧？
小河一夜都发愁，
菜田、稻田
同是军民心头肉，
水哟，该向哪里流？

战士展笑眉，
月夜挥银锹，
封上菜田排灌渠
挑水抗旱进山沟。

---

[1] 原载 1980 年 2 月 29 日《人民前线》报。

九月稻花香，
瓜菜报丰收。
一片蛙鼓传佳话，
军民情谊，凝成黄金秋……

小河的水呀放歌喉，
穿过营房进村口，
一条血脉心连心，
情往一处流。

锣鼓声声
咚咚锵，咚咚锵，
锣鼓敲沸小山村，
喜鹊喳喳绕树飞，
欢歌笑语满山岗。

鲜鱼蹦又跳，
嫩藕一筐筐，
鲜鱼嫩藕送哪去？
送给亲人尝一尝！

去年子弟兵进山来，
帮咱修渠开鱼塘，
运来鱼苗栽上藕，
要叫山区变水乡。

如今高山观鱼跃，
山村十里菱荷香，
支书手捧感谢信，
纸短情意长。

咚咚锵，咚咚锵，
笑语阵阵进营房，
锣鼓敲出拥军曲，
唱在人心上！

我爱听这样的歌唱

一九八〇年三月廿八日

我爱听这样的歌唱，
音域宽广，音色明亮，
像清风掠过万顷碧水，
让我的心田泛起了粼粼的波光。

我爱听这样的歌唱，
增人情思，催人向上，
歌者的胸中没有污浊块垒，
滤尽泥沙的活水呀，甘美清凉。

我爱听这样的歌唱，
白鸟翻飞，银鹤高翔，
生活的浪花化作欢跳的音符
向着光明鼓动翅膀。

题啄木鸟

一九八〇年三月廿九日

笃——笃，笃——笃，
音调清晰，
富有节奏，
一声，一声，
敲击着我的心头。

啄木鸟儿呀，
你没有五色缤纷的羽翼，
也没有婉转动人的歌喉
但在春天的园林里，
你同百鸟相互唱酬。

不像黄鹂，要唱，唱在叶间花底，
不像鹦雀，要跳，跳在柳梢枝头，
你执着地俯身树干，
寻幽探微，忠实于职守。

谁说你嘲弄生活？
谁说你追枯逐朽？
只因为你心中有一片新绿啊，
才勇于揭示春天的病垢。

笃——笃，笃——笃，
笃——笃，笃——笃，
我爱这探求的锤声，
我爱这春歌的伴奏……

手

一九八〇年五月

　　德国伟大的作曲家贝多芬 (1770—1827) 童年时就勤学苦练。他每次练钢
琴总要练到汗流浃背才罢休。有时手指被磨得火辣辣的，疼痛难忍，他便打
一大盆冷水浸泡一会儿，待疼痛稍减后再继续弹练。

像山泉一样欢快，
似春风一般轻柔，
像马蹄一样激越，
似牧笛一般清悠……
这是谁的手指触到了琴键啊，
将纷飞的音符撒落在人们心头？

手！
一双小小的手——
像鸟儿在绿枝间跳动，
手！一双小小的手——
似白鹅在水面上浮游，
小贝多芬静静地坐在窗前，
专心致志地把钢琴弹奏。

这该是多么惬意的消遣，
这该是多么高雅的享受，
不啊，你看他汗水湿透了衣衫，

每错乱一个音节便将双眉紧皱，
不啊，你看他十指磨得通红
每弹一遍都在咬牙忍受。

墙上的时钟会告诉你——
他已弹奏了整整一个夜晚，
身边的水会告诉你——
他已经一次次用冷水浸泡小手。
弹呀，弹呀，不停地弹练，
从指尖上飞溅出美妙的音流。

像山泉一样欢快，似春风一般轻柔，
像马蹄一样激越，似牧笛一般清悠……
一双神奇的手拨响了亿万人的心弦，
卓越的音乐家啊，誉满全球！

契诃夫和火柴棍

一九八〇年八月廿四日

打开你的著作，
我看到了一个活生生的俄国，
勾画万象纷纭的社会，
描摹形形色色的人物。
契诃夫呀契诃夫，
你哪里来的这般传神的笔墨？

火苗一闪，
一辆马车驰过，
一个珍贵的镜头，
永远不会磨灭——

那是一次寻常的出游，
车上的旅客兴高采烈，
是谁的一句生动的话语啊，
给了你振奋和喜悦，
快记下它，快记下它，
怎能让闪光的珍珠失落！

身上没有带笔，怎么办？
你机警地将一根火柴划着，
用那根火柴棍上烧焦的余炭

记录下旅客动人的谈吐……

打开你的著作，
眼前火苗闪烁，
小小的火柴棍儿呀，
引起我深沉的思索：
 一旦勤奋把才华点燃，
便会升起不熄的创造的烈火！

城市新曲（三首）

一九八〇年九月十二日

叫卖

一声叫卖，
浑厚而悠长，
"热豆腐脑儿哟——"
"热豆腐脑儿哟——"
叫醒了半座古城，
回荡在深深的小巷。

一声叫卖，
欢畅而洪亮，
"热豆腐脑儿哟——"
"热豆腐脑儿哟——"
吐出了胸中郁闷，
唤回了二十五年的时光。

这声音把我带回共和国的阳春，
又看到了那和气生财的景象；
这声音打破城市的单调荒寞，
使我感到了生活的兴旺。
"热豆腐脑儿哟——"
"热豆腐脑儿哟——"

声声叫卖迎来黎明，
小小的担儿浴着秋阳。

集市

鸡鸭、瓜菜、菱藕，
鱼虾、辣椒、大葱，
莫小看这百十米长的集市，
容下了苏鲁豫皖四省。

一袋袋辛勤的果实，
一筐筐汗水的结晶，
水乡佳话，山村笑声，
热闹了半边古城。

拣呀，拣丰收的喜悦，
称呀，称金黄的年景。
千家万户的竹篮装个满满，
新生活哟，有了丰富的内容！

小店

背后：青山。
门前：菜田。
在这城郊路旁，
新添了一家小店。
几张桌椅，
小小门面，
开业的是谁？
——几个待业青年。

清晨。迎来进城的车马，
任一片谈笑把小店填满，
火烧香脆，豆浆甘甜，
一膛炉火映得红霞满天。
深夜。留住下班的工人，
杯盘声中尽是倾心的交谈，
小菜可口，馄饨忒鲜，
三两杯醇酒把疲劳驱散。

几个待业青年，
办起这家小店，
店名儿还没有起哟，
名声已经传远。
听，连门前的溪水都笑着称赞——
这样的小店暖人心坎！
不妨挂上个牌儿，
办它十年、百年……

我歌唱无私的奉献（三首）[1]

一九八二年二月

春桑

嫩绿，油亮，
一片舒展的叶，
掬起一片春光。
叶上的露珠是惊喜的泪，
仿佛在催促：
快采撷呀，快采撷，
勤快的嫂子，
手巧的姑娘。

忘不了昨夜春风的耳语，
忘不了小花的浅笑，
虫儿的轻唱。
不眷恋春晨瑰丽的朝霞，
不神往夏夜迷人的星光，
献出肥硕，
献出嫩美，
用鲜活鲜活的青春，
去把蚕儿喂养。
春桑啊，春桑，

---

[1] 原载 1982 年 2 月《雨花》。

不等开花，
不等结实，
甘愿以生命的新绿，
换取雪白和金黄。

秋叶

没有半分凄凉，
没有一点儿哀怨，
从枝头上翩然飘落，
在秋风中亲吻着地面。

用娇嫩点缀过早春，
用青翠染绿了夏天，
这金黄与火红啊，
是成熟馈赠的纪念。

落下来，像一叶轻舟，
落下来，似一片归帆，
落下来，像一张喜报，
落下来，似一页彩笺。

你不留恋那高高的枝头吗？
怎不留恋！但是你明白：
新芽要萌发，枝条要伸展，
纵然留恋——也不能永占……

冬野

失去了肥美，

献出了酥软，

把碧绿的歌声、金黄的欢笑，

一股脑儿抖落在春天和秋天。

冬日的原野啊，你可曾感到了寂寥与荒漠？

那低吟的风

可是你幽怨的慨叹？

不呀，你正舒展腰肢作片刻小憩，

像劳作后的农夫，

嘴角挂着微酣和香甜，

村上的少男少女们不忍吵闹你呀，

让你睡，给你宁静和安闲，

只有冬眠的蚯蚓偷听着你的呓语，

听到了两个字：

"明年……明年……"

城市交响曲[1]

一九八二年

一 淮海路

是奔腾不息的海，
是波光闪动的江，
车队、人流
卷起冲天的声浪。
运载着繁忙，
涌流着紧张，
城市的脉搏，
在有力地鼓荡。

淮海路
是欢歌笑语的海，
是五彩缤纷的江，
天蓝、绛紫、
嫩绿、浅黄、
流着绚烂，
流着富丽，
流着红火火的信念，
流着玫瑰色的希望。

---

[1] 原载《彭城艺苑》1982 年第 1 期。

二 自行车

一只欢跃的"金鹿"，

一只火红的"飞鸽"，

穿过悬铃木的绿荫，

洒下一路情歌。

丁零零，

是倾心的交谈；

丁零零，

是急切的诉说。

月下有甜蜜的幽会，

周末有动人的音乐。

然而，工余班后，

更多的是登攀路上的拼搏。

赶呀，飞快地赶，

去参加一个科学讲座。

工作——学习

是人生的主旋律，

爱情——理想

充实着芳馨的生活。

用勃发的活力不断追求，

生命才会富有而欢乐。

一只"飞鸽"，

一条优美的曲线；

一只"金鹿"，

一支青春的赞歌。

丁零零，

丁零零，

夕阳的余晖里，

飞过一匹银马，
掠过一团烈火。

三　婚礼

没有绿酒红灯，
没有贵宾高朋，
一支结婚进行曲
热闹了一座大厅。
几十双眼睛
洋溢着幸福，
几十张笑脸
同胸前的花儿争红。

今宵花好月圆，
安排下良辰美景，
掌声——送来热烈的祝贺。
让纷飞的花雨
在乐曲声中尽情洒落，
破它千年陋习，
树我民族新风。

四　草地

我渴望多一块草地，
多一片丝绒般的绿茵。
给老人以宁静，
给少女以甜蜜，
给孩子以欢欣。
愿它像一湖碧波，

万顷涟漪。
荡去车辆的喧嚣，
洗掉城市的污浊，
消尽心头的郁闷。

五　黄鹂

飞来了，
一只小小的黄鹂，
唱着欢跳喜乐的歌，
衔着山村里的信息，
飞落在我的新生的城市。
我的城市再不见污池秽水，
满眼尽是滴露的花朵，
摇曳的柳枝。
再不用恐惧那浓烟热浪。
蓝天上，飘着洁白的云，
空气里，流着纯净的蜜。

飞来吧，小小的黄鹂，
只需你一曲清歌，
便会引来
百鸟和鸣，万鸟鼓翼。
哦，我的城市已经从荒漠中醒来，
惊喜地谛听着声声鸟语。

劳者之歌，回响在漫长的世纪 [1]

——读《诗经》十五"国风"有感

一九八二年

　　诗像常青的大树，植根于民族的沃壤；诗像滔滔的扬子江水，源远流长。纵然是撷一片绿叶，掬一朵浪花，亦应不失民族的色和香。

　　我的诗，是无拘无束地放情的咏唱，但是，我一刻也不敢忘怀我立足的地方。

——摘自《手记》

一

"坎坎伐檀……坎坎伐辐……"
沉郁的音响里
我看到高高扬起的笨重的大斧
粗壮的臂膀
挥下淋漓的汗珠
起伏的川原
倾听着那一吸一呼
—斧—斧——
砍削去蛮昧的历史，
—声—声——
锻铸着民族的脊骨
清清小河水

---

[1] 原载《国风》1982 年第 5 期。

映出一幅永不褪色的画图。

历史交响乐

留下一支雄壮的插曲

"坎坎伐檀……坎坎伐辐……"

二

"采采芣苢……采采芣苢……"

劳者之歌，回响在漫长的世纪

那时，原野荒古而杂芜

没有鸣琴般的渠水

没有绿格子似的田畦

没有银光闪动的镰锄

没有飞驰而过的耧犁

但是，春日里却有不绝于耳的歌声

歌声里流着原始的欢乐与甜蜜

那时，姑娘们单纯古朴

没有彩色缤纷的头巾

没有珠光玉气的首饰

没有风流入时的衣裙

没有顾盼自怜的娇滴

但是，原野上却有放情的歌声

歌声里蒸腾着汗的气息

五色小花在风前摇曳

牛舌头草 [1] 肥硕嫩绿

少女们群歌互答，边采边唱

---

[1] 牛舌头草：又名车前草，即《诗经·周南》中的芣。

撩起衣襟
把一阵阵笑语满满地兜起

劳者之歌，回响在漫长的世纪
"采采苤苢……采采苤苢……"

三

贻一束彤管
投一只木瓜
幽会于城隅
相约在河坝
恋得何其挚诚
爱得多么火辣
打开我国第一部"诗歌总集"
闪射出心灵撞击的火花
两千五百年前的少男少女
解答了一个今天最时髦的问题
——爱情呵，你姓什么？

早春二题[1]

一九八二年八月

荠菜

星星点点的小白花
悄悄地，悄悄地
开在溪头
带着严冬折磨的苦涩
含着早早醒来的娇羞
在春寒料峭的清晨
在薄冰初消的时候

愿以仅有的
一丁点儿的新绿
染绿人们的眼瞳，愿以仅有的
一丁点儿的清香
洒上春风的衣袖
瞧，第一枝迎春花热热闹闹地开了
在你的淡淡的微笑之后……

蚕蚁

呀！你这小小的黑色的精灵

---

[1] 原载 1982 年 8 月《诗刊》。

慢点儿动
慢点儿动
春风才敲门窗，桑芽刚刚吐青
这么早，这么早的时令
你便开始了生命的行程

你可知道?
前面有长长的、长长的路
绿绒毯儿上有许许多多
五彩缤纷的梦
到了麦熟
到了杏黄
便要考验你献身的挚诚
你呀，你这小小的黑色的精灵……

阳台上的歌

一九八二年十月

小小的蜜蜂哟

你从哪里来

频频地扇动着翅膀

飞得多么欢快

那嗡嗡嘤嘤之声

莫不是你低吟的情歌

你在唱——

你追求阳光、芳香和色彩

你可知道

我这里曾是荒凉的山崖

寂寞的窗口

锁着个贫瘠的世界

居住区犹如石笋丛生的岩洞

长年被阴冷和潮湿遮盖

我和邻人们

是放逐孤岛上的贱民

春天和鲜花

被遗忘在天角云外

今天哟

历史从蛮昧中觉醒

城市从荒漠里醒来
红、黄、蓝三原色
点染出富丽的色彩
春姑娘把花篮悄悄地
挂在每一家的门前窗下
"春城无处不飞花"
笑声溢出了千万个阳台

火辣辣的一串红
是爆出我心头的喜悦
那香幽幽的茉莉花
诉说着我对美的倾爱
君子兰舒展着我的志趣
波斯菊绽放出我的情怀
这满台叶片和花朵
都从我的心田里长出
我感情的清露
溶进了这花蕊和叶脉

小小的蜜蜂哟
你为什么又匆匆飞回
带着芳馨，带着甜美
莫不是你的车儿已经超载
哦，我终于破译出了
你神秘的舞蹈语言
你正用摇摆舞传送信息
要将伙伴们一齐唤来
好啊，让我通知好客的邻人
将所有的花盆端出
将所有的门窗打开

用一台台阳光，一台台鲜花
把你的家族款待

梦中，我成了一盆吊兰

一九八二年十月

冲出狭窄的盆盎

伸向宽广的空间

三五根柔韧的

碧绿的枝条

悄悄地把我的窗口装点

吊着阳光

吊着欢乐

吊着葱茏的生机

犹如春天的柳丝

袅娜地垂向湖面

掬一捧清水

——奉献一片新绿

给一点儿养分

——送来一个春天

一丛丛嫩叶

擎起绿色的希望

一粒粒白花儿

燃着青春的灯盏

那淡淡的幽幽的清香

诉说着

高雅的情怀和信念

梦中，在明月朗照的窗前
我也变成了一盆吊兰
生命的活力
神奇地迸发出无数的枝条
欢快地把绿叶舒展

咏太湖盆景

一九八二年十月

　　我的案头有一个太湖盆景，尺幅千里，看到它，我仿佛看到了风光秀丽的太湖。

不是我情痴意迷，
不是我以假作真，
这一盆水石——
不，这三万顷太湖，
醉了我的心！
我哪里是在案头，
分明是站在鼋头渚上，
望马迹山，望七十二峰，
望太湖的烟波流云。
那不是果园密布的东山吗？
蜜橘悬千盏红灯，
香橙缀万点黄金，
茶树花开，洒了一坡白银。
那不是青螺般的点点渔岛吗？
篙染彩霞，
渔舟唱晚，
载不动丰收的欢欣。

我仿佛看到芦花飞白，

红蓼摇曳；

我仿佛听见风送秋声，

雁鸣阵阵。

听，那不是"二泉映月"的琴音吗？

伴着月光，

袅袅不绝，

融进太湖的粼粼波纹。

一拳石，赠我青山千寻；

一勺水，惠我水天无垠。

小小的太湖盆景啊，

——便是烟波浩渺的太湖，

洗掉北方的沙尘，

荡去城市的喧嚣，

融尽斗室的郁闷。

壮我情怀，

润我诗脾，

带给我一个个孜孜不倦的夜晚，

献给我一个个朝气蓬勃的清晨。

校园花木篇

一九八三年

白杨

不论是清晨还是黄昏
你总是站在那里苦读
那一扇扇打开又关闭的窗子
是你手中的书

银杏

深秋的银杏
满树金黄的蝴蝶
飞一只到我的书页里来吧
让我的思想成熟而纯洁

雪松

一把张开的生命伞
一座绿色的金字塔
晚霞知道我
对着它想了些什么

樱花

最难忘怀的
是那温馨五月
神话般地，一夜绽放出
一团团粉红的花朵
待蜂蝶唱完了赞美诗
只有绿叶
默默吟诵着生命的歌
——储蓄养分
——吸收光热
用秋的冷静
冬的沉着
孕育着下一个
更加灿烂的季节

冬青

没有冗赘的叶片
没有紊乱的枝杈
安静地等待花工的修剪
欢乐地承受细雨的浇洒
云说：这样太严整的行列里
个性怎不受到束缚
冬青默不答话
宽厚的绿叶里
藏着一个执着的
绿化空间的自身

我买了一件双燕牌衬衫

——致步鑫生

一九八四年三月

一只燕子和另一只燕子

从昕潮涨起的海边飞来

衔着二月萌动的新绿

唱着早春的生活变奏曲

在这干燥寒冷的北方

人们听到她们的振翼之声了

燕子啊，燕子

我知道你一夜之间

飞遍了祖国的天空

今天，在熹微的晨光里

也用清脆的呢喃

唱绿了我的小窗

（我以七元七角的满意价格

买了一件海盐衬衫总厂的

双燕牌衬衫）

这仅仅是一件包装精良的衬衫么

不，它是燕子捎来的一封情书

一页诗笺

一片淡青色的憧憬

拆开这件袖长六十公分的衬衫

我想到了那个一米六三的人

他瘦小，精干，声若洪钟
但他却称得上
中国工业地平线上的
一个堂堂的男子

我不想用企业目标、办厂宗旨
和利润、信息……这些生活的热色
来为他绘一幅招贴画
我只是说
他是一个有血肉、有感情的人
一个像春蚕和工蜂一样的人
新时代的迷人的魔方
加快了他的思维和运筹
新生活的神奇的砥石
磨砺出了他的胆识和才智
他用他的脑和手
告诫一切慵懒者
人人都能造一个
自己的太阳

那一曲厂歌不需要在红丝绒幕布前演唱
也不需要乐池里的伴奏和渲染
"努力——努力——努力——"
这正是燕尾剪碎春寒的节奏
这正是杜鹃啼红山茶的心音
"质量第一，信誉至上"
这可不是云雀掠过高空的清唱
这可不是黄莺跳在枝头的鸣啭
从这个瘦小的男子的手中
放出的燕群

恪守着对春天的忠诚
（我以七元七角的满意价格
买了一件海盐衬衫总厂的
双燕牌衬衫）
那商标上的两只燕子
从昕潮涨起的海边飞来
向一切缺少诗意的地方飞去
衔着早春萌动的新绿
唱着中国的生活变奏曲

金色的黄昏

一九八四年三月卅一日

车轮逐着车轮
车轮咬紧车轮
我被推上了晚潮的浪峰
急切的车铃
一声声、一阵阵
诉说着我的心音

我，一个五十岁的厂长
已经到了"知天命"的年龄
八小时之后
正好对清茶一杯或醇酒一樽
或把钓竿伸进小河消磨时辰
但是啊，我运转之后
需要另一种保养
需要多涂抹些膏剂
来润我生命和事业的齿轮
夜大学就像童话中的太阳岛
我要去那里拾取璀璨的黄金
为了和一个国家亲切对话
我在日光灯下强记住一个个单词
为了使我们的产品远渡重洋

我品尝着新颖、咀嚼着艰深
白天在那里继续
生命在那里延伸
夜大学就像童话中的桦树林
我要去那里捡回失落的青春

车轮逐着车轮
车轮咬紧车轮
出了工厂，我便向夜大学驶去
生命的辐条被我绷得紧紧
彩色的城市在飞快地旋转
我的双脚牢牢地踏住了
金色的黄昏

祖国，我向您诉说

一九八四年九月

一 假如我是阳台上的月季

假如我是阳台上
一盆小小的月季
决不忘却你的辛勤
决不辜负你的希冀

馈我充足的日照
——我理应无私地吐芽
惠我甘霖养分
——我怎不快乐地抽枝

我舒展叶片
奉献出生命的新绿
我绽开花蕾
掬起会心的笑意

那紫红的花朵
擎着我的一团赤诚
那缕缕的清香
是流出我心田的无声的话语

不负韶光
不误花期
我是阳台上
一盆小小的月季

二 工蜂的自白

我是工蜂
一只普普通通的工蜂
我频频地、频频地
把翅膀扇动
每分钟一万两千次
我每分钟一万两千次地
在蓝天下
书写着执着和忠诚

我是工蜂
一只普普通通的工蜂
我痴恋着春天、阳光和鲜花
用我的勤苦和真情
不断地采集
不断地酿造
我在不断地追求中
捕捉着甜蜜的生命

我是工蜂
我是千百万只中的一只工蜂
为献给人们蜂乳、王浆
我每分钟一万两千次地把翅膀扇动诉说

遵从着
春的信息和指令

三 我的中年，张开满风的白帆

有一位诗人说
中年的船没有港湾
我的中年
日夜张开满风的白帆
穿如浪的山谷
闯如山的狂澜
载着困苦
载着沉重
载着永不疲惫的信念

昨天，交给了曲折与险阻
今天，搏击着风涛和艰难
也许明天是一片明净的碧水
我的船儿也不会在月光下搁浅
把人生统统托付给理想的风吧
——船行如鸟飞
云帆挂长天

我叩问现代化的都市

一九八四年九月

　　不知什么原因，在一段时间里许多城市买不到小小的风纪扣……

寻觅，寻觅，
我在琳琅满目的
商品中寻觅……
排除五颜六色的纷扰，
避开少男少女的拥挤，
我在找啊——
找一种普普通通的商品，
找一个小小的
闪闪发亮的东西！

我走遍了所有的商场，
我等待了许多时日，
我手捏着一枚分币，
叩问这座现代化的城市：
有风纪扣吗——
有风纪扣吗——
请告诉我，它在哪里？
老营业员回答：没有。
我听得出，那低低的音调里，
带着几分歉意；

年轻的营业员摇头不语，
我看得出，那懒洋洋的神情里，
透露出冷漠和藐视。
擦肩而过的穿紧身衫的姑娘，
正把丰满的胸脯高高地挺起，
那坦露的颈项——
莫不是对我询问的嘲弄和睥睨。
但是，我仍然要说：
我要风纪扣——
我要风纪扣——
这是一个顾客的需求，
这是一个公民的建议！

我在繁华的大街上踯躅，
任中山装的衣领无拘无束地翘起，
（风纪扣不知何时失落了，
我知道，对此谁也不会介意！）
人群在我四周奔腾汹涌，
车辆在我眼底川流不息。
鹅黄、嫩绿、天蓝、绛紫……
新时代的河床里，
流着绚烂和富丽。
我不自惭，也不妒忌，
说真的，我的心中
充溢着欣喜！看吧——
穿西装的小伙子风度翩翩，
穿连衣裙的少女们绰约多姿，
夹克衫、喇叭裤活泼洒脱，
太阳服、田鸡装富有生机……
谁能说这一切

不描绘出人类的文明，
谁能说这一切
不蒸腾着时代的气息！
但是，我仍要呼吁，
理直气壮地呼吁：
给我风纪扣——
给我风纪扣——
让老年人平整的中山装，
让中学生朴素的校服，
把衣领紧紧地扣起！
生活就应当这样啊，
既有畅通和开放，
也有约束和节制。
就像这十字路口的红灯、绿灯，
相辅相成，相互交替，
前进的城市啊，
才有焕发的容貌、和谐的步履。

饭后，我打开当天的报纸，
儿子做个鬼脸，妻子笑我迂痴，
我知道：广告上有商品精美的图样
耸动人心的言辞，
却不会有关于风纪扣的消息，
莫不是微薄的利润，不宽的销路，
挤去了它在人们心目中的位置。
蓦地，我找到了，
确确实实地找到。
在《人民日报》第一版，
国家领导人会见外宾的照片上
在国庆节阅兵式的行列里。

（我仿佛看到四百万子弟兵昂首走过，

如鼓的脚步正擂动着大地。）

呵，风纪扣，

小小的风纪扣！

静默。

肃穆。

光彩熠熠。

它代表着国风和纪律，

它显示出庄严和整齐！

我真想摘一枚钉上我的衣领，

我真想摘一枚，

像捧着带露的鲜花，

把它高高地举起！

寻觅，寻觅……

我在琳琅满目的商品中寻觅……

对着"开麦拉"[1]

对着电视机

对着电冰箱，

对着洗衣机，

对着奔向现代化的城市，

我大声地呼吁：

我们要风纪——

我们要风纪——

[1] 开麦拉：英语照相机的音译。

圆明园屹立在我们心中

一九八五年十月

漫天的大火怎能将你焚尽，
强盗的铁蹄岂能把你荡平，
你的残垣断壁在风雨中倔强屹立，
屹立在神州大地，屹立在我们心中——

我看到了你的楼台殿阁、飞檐画栋，
我神游在你的廊榭轩馆、曲桥幽径，
耳听那倾珠泻玉淙淙作响的喷泉清流，
目睹那茂林修竹、奇花异草、烟柳胜境，
你的古玩珍宝、名贵书画稀世罕有，
你的奇丽园林，中西合璧巧夺天工……
"东方的凡尔赛宫"啊——
你是中国人民智慧和汗水的结晶，
宏伟壮观的"万园之园"啊——
你是伟大祖国文明和进步的象征！

额尔金被永远钉在了耻辱柱上，
大江东去，洗不尽中华民族的愤怒，
圆明园啊，谁说你只剩下了一片废墟，
你用血与火记录下了帝国主义的罪行。
打开中国近代史最沉重的一页，
有良知的中国人怎不感愤、震惊，

让我们饱蘸着爱国激情，
在你的断壁上写下一行大字：
"不忘国耻，立志中华民族的复兴！"

连云写意

一九八六年四月

一座名山

孕育了一部瑰丽的神话

登攀在十八盘幽险的山路上

我一步步走向奇幻和悠久

而在自选商场琳琅满目的商标上

我随处可以读到吴承恩，读到《西游记》

一个港口

展现出一幅多彩的画卷

远眺在劈波斩浪的海轮上

我豪迈地面向世界和未来

而从港口扬起的钢铁的巨臂上

我看到了改革开放的力量与希望

历史和现实在这里交汇

昨天和今天在这里对话

老人的祈愿

少女的渴盼

连同大街上的海报、流行色

谱写着新生活的变奏曲

马路在翻修，拓宽

大厦正拔地而起

一条条振奋人心的消息
浸润着海风的欢欣
像清晨带露的杜鹃花
盛开在市报的新闻版上

连云港啊，飞跃前进的连云港
你正以奇异俊美的风姿
召唤着八方来客
我站在云台山上，热诚祝愿你——
每天一个"七十二变"
每天一个"筋斗云"

童年：放飞风筝的季节

——读鲁迅先生的散文诗《风筝》

一九八七年九月八日

肃杀的严冬

你品着苦涩的茶

咀嚼着忧乐参半的记忆

故乡

童年

风

和灰黑色的秃树

和病瘦的小兄弟

春二月

正是杨柳爆芽山桃吐蕾的季节

正是冰雪消融溪水欢跃的季节

又听到风轮的沙沙之声了，

淡墨色的蟹风筝

浅蓝色的蜈蚣风筝

寂寞的瓦片风筝

飘浮在晴朗的天空中

牵动着小弟弟彩色的梦

童年

正是心灵等风的季节

正是放飞幻想的季节
孩子，有着自己的世界
小弟弟躲在堆积杂物的小屋里
精心地扎糊着风筝
蝴蝶的彩翼上
载负着春天的希冀
你岂能以长者的粗暴与威严
折断他童年想象的羽翼

品着苦涩的茶
咀嚼着苦涩的记忆
从你笔端流出的真情
冲击着我的心扉
你的诗篇
不是精神虐杀的自我谴责
不是善良作家虔诚的忏悔录
而是利箭射向"吃人"者的胸膛
是鸽哨掠过林梢划破晨曦

今天
从举世瞩目的风筝城
到僻远无闻的小小山村
中国古老的大地上
处处蒸腾着春天的气息
水碧了
天蓝了
起风了
五彩缤纷的风筝凌空飞起
我们手中高擎着瑰丽的希望
在放飞风筝的季节

祖国和我们一起
返回童年

娲遗石

一九八八年四月

连云港花果山有一块古石，传说为女娲炼石补天时所遗落。

洪荒太古遗落的
一滴屈辱羞耻的泪
一颗怦然跳荡的心
一个永不破灭的梦

寂寞而惶悚地
躺在这里
寒往暑来亿万年
听任风的讥刺
云的戏谑
水的嘲弄

冥顽不化地期待着
咬破了嘴唇
捏紧了拳头
把希望寄托在
杜鹃带血的悲啼里
小花淡蓝的惨笑里
秃鹫无语的沉默里

流星当头欻然划过
而东方，雷鸣电闪
光焰里映射出裂变的缝隙

假如女娲再一次跌足走来
歉然将你捧起
举过云霞
举过太空
你没有过分的狂喜
和感激的泪花
你只想把自己的欣慰
平静地抒写在蓝天上

沛公酒

一九八八年四月

还是鸿门宴上那一坛
还是"置酒沛宫"
高歌风起云飞的那一坛
还是浓郁清芬
酿造了两汉文明的那一坛

品尝一杯沛公酒
如读一部《资治通鉴》
刘三皇帝留下的曲母
使中国历史亢奋了两千年
晕眩了两千年
醉醉醒醒，醒醒醉醉
杯盘间布满了
雄阔与歪斜的脚印
当啤酒花与三月桃花竞开
当百事可乐风靡中国
刘三的曲母依然在沛县萌动
"沛公酒——沛县沛公
增美人春色
壮英雄虎胆——"
荧光闪射着
酒神呼唤着

玉液琼浆从微山湖里

汩汩地流出来

醉了丰沛

醉了彭城

醉了神州大地

一个千杯不醉的诗人在预言

乘着酒兴

在《大风歌》的余韵里

我们可以弯弓射落一轮太阳

白天鹅，从她心中飞出

一九八八年六月

一只白天鹅

从她的心中飞出

飞出小小的窗口

飞过层层的绿树

像一朵洁白的云

在轻飏的春风里

遨游在蓝盈盈的天幕

多么完美的鸟儿呀

没有一根伤残的翎羽

多么欢快的精灵呀

不噙一颗忧郁的泪珠

湖水向它闪动着

清亮多情的眸子

青山向它摇曳着

五彩缤纷的花束

大地的温热是甜蜜的母爱

融化了它的凄苦和寂寞

一只白天鹅

从一个十八岁的少女的心中飞出

她坐在窗前的手摇车上

一针针，一线线，抽着感情的丝
向着橘黄、鱼白、淡蓝的枕芯
把她心中的歌儿吟诉
生活不会抛弃执着的追求者
双脚病残，双手还能创造幸福
飞吧，天鹅——
飞吧，天鹅——
加工枕芯不仅为换取食盐和面包
白天鹅的振翅声中
有她的一吸一呼

一只白天鹅
从一位残疾少女的心中飞出
春风里洋溢着喜悦和幸福
她的心中日夜默诵着海迪的故事
让大海的涛声拍击着心灵的窗户
昨晚，在电视的荧屏上
她看到了振奋人心的一幕
一柄柄利剑在残疾运动员手中飞舞
一辆辆轮椅车在球场上激烈追逐
在那遥远的纽约
还有一位倔强的琳达姑娘
拄着双拐跑完了马拉松的长途
飞吧，天鹅——
她要让白天鹅驮着她壮美的信念
去寻人生的万里云路

一只白天鹅从她心中飞出
那是她在蓝天上谱写的青春的音符

澳洲短句

一九九〇年七月

飞行

穿过云海
御风而行
东方 MU501
和港龙 CX 103
是我的一对雪橇
一夜之间
我从盛夏划进了隆冬

郊外

牧场
晴空
树，倒在山坡上
吻着大地的酥胸
冬眠火山
是驯良的大象
酣睡不醒
羊群悠悠
咀嚼着夕阳

墨尔本闹市区

涨潮
退潮
红灯
绿灯
无数的热带鱼在这里游动
交尾出斑斓与繁荣

中国淘金者

蘸着汗水和泪水
写下了这一封封
没有寄出的家信
用这些笨重的
铁器和木器
淘黄了澳洲的月亮

滑雪

五彩缤纷的颜料瓶
被摔碎在
一张张晃动的白纸上
每一朵花
都有自己的姿态

安德鲁父子

晚餐后，你拿出纸和笔

要我写一行"中国字"
于是，我便用一块块沉重的"秦砖"
筑了一段中国长城
你的小儿子挤过来
不停地追问

用一对考拉加一只袋鼠 再加一只鸵鸟
能不能换一只中国熊猫

在墨尔本大学图书馆

我叩问电脑
它三次推出我的名字 [1]
那一个个暴雨滂沱的盛夏
我在唐诗宋词的海洋里垂钓
那一个个严寒的冬夜
我敲打着名人的尸骨或与健在者攀谈

这一切，都刻在了你大脑的沟回里

[1] 在墨尔本大学中文书库，通过电脑检索，查到了我的三本书：《唐宋词选译》《现代抒情诗选》和
《中国新诗人论》。

珞珈山庄听雨

一九九二年十二月

春雨沙沙

打湿了山中鹧鸪的叫声

无边无际的春草

染绿了我的梦境

我看见有一位诗人

叼着烟斗从山前走过

划一根火柴

把满山杜鹃燃红

春雨沙沙

浇软了坚硬的寒冬

我如花的祖国

走出了泥泞

有一位诗人

吟着诗句在池畔踱步

看一沟碧水

把春色酿得正浓

朝花小拾

——鲁迅在南京（三首）

一九九三年五月

笔名

鲁迅在江南水师学堂读书时，为了表示同旧社会斗争的决心，给自己取了一个笔名"戛剑生"，每写诗文便签署上。

拔剑而起，
戛然有声，
好一个寒光闪闪的名字：
——戛剑生！
一腔豪情，
气贯牛斗，
一把利剑，
刺向夜空。

要劈开如磐的风雨，
要粉碎黑暗的牢笼，
要用三尺吴钩，
斩尽人间的不平。

少年锐气，
铸炼出铮铮锋芒，

青春血性，
化作了剑的长鸣。

今天，登上钟山吟哦他的诗句，
长江啊，在我的脚下呼啸奔腾，
我仿佛看到先生正站在石头城上，
这大江——便是他抽出的利剑一柄！

戎马书生

　　鲁迅在南京读书时，曾刻下一枚篆体印章，自称"戎马书生"，他和几位同学常到城东明故宫一带策马疾驰。

哒哒，哒哒……
一阵清脆的马蹄，
惊飞了林中的暮鸦，
敲打着凝寒的大地，
看呆了，路旁的石人、石马，
吓傻了，笨拙的石象、石狮。
一道闪电——
携着声声霹雳！

哒哒，哒哒……
一阵激越的马蹄，
大地是一张纸，
写下书生意气。
愿投笔从戎，驰骋疆场，
愿血荐轩辕，肝脑涂地。
一道鞭影——
一行慷慨的诗句！

求索

鲁迅一八九八年到南京，先入江南水师学堂，后在路矿学堂学习，一九〇二年去日本。

攀上二十丈高的旗杆，
向周遭俯瞰，
看狮子山，狮子带着锁链，
看莫愁湖，莫愁敛着愁颜，
万里大江流着眼泪和辛酸。
拉不响汽笛，
扯不起风帆，
你不是不愿做一名水兵啊，
是积贫积弱的祖国，
成了一只搁浅的破船！

走进二十米深的矿坑，
冷却了炽烈的情感，
漫漫积水，锁住了脚步，
陈旧机轮，停止了旋转，
金银铜铁缄默不语，
它们怕——
怕去铸造人间的灾难。
采不出光明，
埋不掉黑暗。
你不是不愿做个采矿师啊，
是受尽凌辱的民族，
沉沦在黑黝黝的深渊！

你探寻，探寻着闪光的真理，
"上穷碧落下黄泉，
两处茫茫皆不见。"
你求索，求索着救国的道路，
遍地荆榛，风雨如磐。
我看见，
你独立高丘，浩歌长啸，
忧郁的眼瞳里，
燃着焦急的光焰。
希望啊，希望在哪里？
万里长风送客棹，
涛声、桨板拍响了你的心弦……

海滨音符

一九九五年七月

帆

穿过风的尖哨
划破海的浑圆
生命的旗一旦升起
不相信还有什么海岸

潮

千万次人仰马翻的失败
千万次重整旗鼓的欢欣
千万年后仍然会向堤岸冲击
千万年后仍然有悲壮的歌吟
向你顶礼
勇敢的搏击者的英魂

鹅卵石

经历了浪涛的扑打与冲洗
受尽了同胞们的摩擦与撞击
哪里会想到在这明月朗照的夜晚
安闲地躺在这里

真难为一生作一个小结

——我既是胜利的结晶

我也是失败的泪滴

贝壳

莫赞美我

我的青春已经失落

大海里留下了我的心音与呼吸

你捡起的只是空洞的外壳

莫带走我

案头的死水怎能使我复活

你若爱美索性潜入海底

融进珊瑚便会冰清玉洁

海燕

一位诗人说——

雁

飞在唐诗里

飞在宋词里

飞在春露秋月寒暑交替的中华民族的历史里

一声声鸣叫凄清而悠长

那抑扬有韵的慢节奏

将时间窒息了五千年

我不是诗人，但我说——

海燕

飞在礁盘上

飞在船桅上

飞在穿云裂石翻腾不息的险恶的浪尖上

一声声鸣叫嘹唳而激昂
它是现代诗人灵感撞击的音符
谱写着雄壮的海洋变奏曲

大江吟

——闻一多颂

一九九六年七月

     闻一多先生曾经怀着遗憾的心情说过：自己生在长江边上，写过几年诗，却没有写出一首歌颂长江的诗，实在对不起长江啊!

诗人哟，我知道隐藏在你心头的深深的遗憾，
你生在长江之滨，却不曾在诗中把长江礼赞。
那一泻千里的大江呀，劈开三峡，越过天险，
挟着风，裹着雷，该激发你多少神奇的灵感。
那秀美壮丽的大江呀，从容地流入江汉平原，
帆影动，鸥鹭飞，给你多少充满诗意的画面。
你为什么，为什么却总是漫步江边缄默不语，
孑然立在暮色里，一任江风吹动着你的衣衫。
你的祖国哟，纵然有这大江也犹如一沟死水，
清风吹不起漪沦，"四周是迷茫莫测的黑暗"。

诗人哟，读着你的传记我的心飞向了陈家岭，
你的"二月庐"[1]分明还站在棋盘似的稻田边。
巴河潺潺的水声呀，同你的读书声相互应和，
浩瀚望天湖、青青紫岩峰朝朝暮暮将你陪伴。
你踏着淡红色、菊黄色的小花在竹林间散步，

---

[1] 二月庐：闻一多家乡的一座瓦屋，他在清华大学读书时，每年假期都要回乡读书两个月，故名"二月庐"。

吟咏着喜爱的诗句寻找真，寻找美，寻找善。
巴河波、长江浪燃起你对故乡深沉的挚爱，
纤夫歌、农夫泪唤起你对人民的同情和忧念。
年轻诗人啊，多少次你驾舟东来又扬帆西去，
光明在哪里呀？你披一江苦雾驶向大洋彼岸。

诗人哟，我读《太阳吟》窥见你的九曲回肠，
我打开《忆菊》诗黄花飘香，秋风习习拂面。
密歇根湖的波光怎能不使你忆起长江的涛声，
林肯公园的花枝更让你百倍热爱祖国的秋天。
灯红酒绿 纸醉金迷——那里是鹰犬的领地，
你魂牵梦绕的却是中国的草木、中国的山川。
凶年兵燹，你的乡民正同大江一起日夜悲啼，
远在故乡的你呀，也犹如不幸的失群的孤雁。
你幻想骑着九龙骖驾的太阳每日绕地球一周，
俯视那奔腾浩荡的大江，天天探视一次家园。

诗人哟，你走过的道路正像东注入海的大江，
尽管千回百折，却总是流向不改，呼啸向前。
在反帝的怒吼声中，你喊出了"咱们的中国"，
面对"五卅"未干的血迹，你写下爱国诗篇。
在吴淞口你看到外国军舰扼住了祖国的咽喉，
在天安门前你看到军阀政府屠戮无辜的青年。
在武汉街头北伐胜利的鞭炮燃起心中的灵火，
你绘一幅中山先生的遗像，高悬在黄鹤楼前。
走出"象牙之塔"一步一步加入人民的行列，
你生命的浪花呀，随着时代的洪流翻腾飞卷。

诗人哟，我们怎能忘记那一九四六年的夏天，
就在那昆明城风声鹤唳人心惶惶不安的清晨，

就在那白色恐怖笼罩着的七月的燥热的夜晚，
光明和黑暗在厮杀，民主和独裁正激烈交战，
李公朴先生倒下了，死于国民党的无声手枪，
你大义凛然站起来，面对警察宪兵鹰隼狼犬。
那《最后一次演讲》真个是骂得痛快淋漓呀，
你高擎起真理的剑，戳穿了敌人卫道的假面，
"历史上没有一个反人民的势力不被人民消灭"，
你铿锵的语言犹如惊涛霹雳回响在海天之间。

诗人哟，我们怎能忘记那七月十五日的黄昏，
罪恶的枪声，一下子将人们的心撕成了碎片，
你倒下去了，无声地倒在了会后回家的路上。
一股股殷红的鲜血，把西仓坡[1]的土地浸染。
那路边的绿树、树上的白云看得最最真切呀，
你瞪着那一双仇恨的眼睛，身上十余处中弹。
春城呜咽，山岳泣诉，五百里滇池泪水盈满，
滚滚滔滔的金沙江呀，也举起了愤怒的铁拳。
从昆明到上海亿万人的吼声汇成长江的狂澜，
冲破黎明前的黑暗，迎接那阳光灿烂的春天。

诗人哟，你的心头再不必有一丝一毫的遗憾，
君不见青山绿水披彩霞，你理应含笑于九泉。
你曾经预言过："我们将来的历史是一声笑"，
今日里大江欢歌流日夜，洗尽了人间的悲酸。
汨罗江边白云悠悠再看不见屈子忧愤的身影，
你推崇的诗圣呀，再不必感时伤世行吟江畔。
你瑰丽的诗篇也同他们的诗篇一起放出异彩，
就像这万里江涛永远拍击着子孙后代的心田。
诗人呀，你对得起长江，无愧于我们的民族，
这大江便是你的诗，你的歌，你拨动的琴弦。

---

[1] 西仓坡：闻一多先生遇难的地方。

九七抒情
——写在香港回归的时刻（朗诵诗）
一九九七年七月一日

是狮子欢舞的日子，
是龙舟竞渡的日子，
是舞动红绸扭起秧歌的日子，
是擂响大鼓吹奏唢呐的日子。
今天中国是一个红火火的大舞台，
狂歌劲舞，
牵动了亿万双黑眼睛、黄眼睛、蓝眼睛。

融化了一百年的冰雪，
驱散了一百年的阴云，
走过了一百年的坎坷，
洗雪了一百年的耻辱。
当二十世纪最后的季风吹来热雨，
一夜之间，
紫荆花绽放出东方的美丽！

多少个漫漫长夜，
黄河长江失声痛哭；
多少个风雨黎明，
祖国母亲深情呼唤。
满目山河雁飞远，

路断天涯归未得，
澎湃的浪涛荡不去游子的乡愁。

何时重赏巴山月？
何时归看浙江潮？
何时登高插茱萸？
何时共剪西窗烛？
百年的相思，百年的企盼，
汇聚成爱的潮汛，
托付给回天转地的春风。

十五年前，一位老人自信地昭告世界：
中国政府不是晚清政府，
主权问题没有回旋的余地！
他用语言的利剑放射出的光芒，
捍卫了一个民族的尊严；
他用悠长的思绪绘出的蓝图，
托起了一轮崭新的太阳！

是雄狮起舞的日子，
是巨龙腾踔的日子，
是三山五岳扬眉吐气的日子，
是江河湖海放声歌唱的日子。
今天，我们唱一支
雄壮的"中国进行曲"，
看，整个世界为之鼓掌！

世纪情怀

一九九七年七月一日

一百年的期待
等成一棵相思树
枝枝叶叶
都是凄苦缠绵的故事
当浪拍港湾，云遮大地
我们在风雨中痛苦地摇曳
一个个无花的春天
太阳也掩面哭泣
年年岁岁
我们将相思的红豆深深地埋在心底

一百年的渴盼
凝成一枚金色贝
浪淘沙洗
孕含一颗希望的珍珠
当大地春回，玉宇澄澈
我们扬眉唱一支正气歌
香江是割不断的血脉
香岛是连着心的指尖
当南国的季风吹来热雨
蓝天下的紫荆花便开出自己的芬芳
百年期待，百年渴盼

不是一个人在等一个人
是十二亿颗热诚的心
牵动着一颗明珠
今天，历史的悲剧已经落幕
中国的舞台上，正上演红火火的正剧
长江大合唱，黄河大合唱
三山五岳大合唱
正唱一个民族的伟大和一位老人的英明

大风在这里呼啸（歌词）[1]

一九九八年九月

大风在这里呼啸，
黄河在这里流过，
战马在这里驰骋，
英雄在这里高歌。
啊！徐州母亲城，
你有一部悠久的历史，
你有无数动人的传说。
你的乳汁哺育了千百万儿女
给了我们雄健的体魄
豪爽的性格！

瓜果在这里飘香，
乌金在这里闪烁，
银鹰在这里展翅，
道路在这里开拓。
啊！徐州母亲城，
你绽放出神奇的花朵，
你鼓荡着时代的脉搏。
你的儿女描绘着宏伟的蓝图
为了创造灿烂的明天
幸福的生活。

---

[1] 原载 1998 年 9 月 23 日《徐州日报》，王士玉作曲。

（**副歌**）

淮海大地风起云飞，
徐州人民朝气蓬勃。
团结奋斗，进取拼搏，
要让这颗千古的明珠，
永远光耀，永远光耀
祖国的山河！

看雁

一九九八年十二月

站在阳台看雁

看一支纪律严明的部队

穿越夜空

没有嘹喨的军号

没有如鼓的脚步

却有着一致的方向和节奏

我们都是孤独的鸟

各自在封闭的阳台上

相互对望

将想飞的心事

锁在肚子里

拘守着寂寞的一角

天空没有孤雁

秋月却照着一个个人

要么，我们顾影自怜

等待羽毛的凋零

要么，我们奋力鼓翼

飞成一个人字

植树节：我们唱一支绿色的歌

一九九九年二月

植树节，
我们唱一支绿色的歌——
唱给风轻雨细的初春，
唱给天蓝水碧的三月；
唱给早绽的柳芽、复苏的小草，
唱给迎春花、荠菜花开放的山坞和田野。
我们的歌充满了蓬勃的活力，
它那绿色的音符，绿色的旋律，
一夜之间染绿了祖国的山河。

植树节，
我们唱一支绿色的歌——
歌声伴着银锄翻飞，
歌声伴着铁镐起落。
歌声中我们栽下一排排白杨绿柳，
用深翠浓绿泼洒黄土高坡。
歌声中我们撒下花种草籽，
让戈壁沙滩披上五彩绫罗！

植树节，
我们唱一支绿色的歌——
歌声伴着春雨飘洒，

歌声随着雷声滚过。
歌声中我们种上一株株蜜桃、红杏，
让黄河故道一年四季花香四溢；
歌声中我们开出一个个桑林、果园，
让荒漠沙丘都奉献出累累硕果！

植树节
我们唱一支绿色的歌——
用少先队员的纯真，
用老育林员的执着，
用亿万人的理想和豪情，
用几代人的汗水和心血——
栽呀，种呀，
快趁着这春光明媚的季节，
把希望播在每一条河堤，
把幸福撒满每一道山坡。

植树节，
我们唱一支绿色的歌
用深情的歌声唱出心头的喜悦，
我们黄色的国度容光焕发青春永驻，
我们古老的历史将会翻开崭新的一页：
洪水不再泛滥，村庄不再被淹没，
旱魔不再逞凶，飞沙不再肆虐，
翡翠般的新绿美化着我们的生活。

植树节，
我们唱一支绿色的歌——
这支歌，像甜风蜜雨洒向五湖四海，
这支歌，像报春燕子飞向南疆北国。

一山呼唤，千山伴随，
千人高歌，万人应和。
唱吧，尽情地唱吧，
唱绿祖国花团锦簇的春天，
唱绿祖国流光溢彩的山河！

老照片

二〇〇〇年一月

在海报的流行色上
贴一帧"老照片"
告诉清晨的风
日子都会发黄
告诉穿弹力衫的少女
青春都会被岁月烘干
为了聆听历史的跫音
为了找回往日的心跳
为了结识那些摔过跤的孩子和脚步健朗的老人
为了忆起那些笑容和泪痕
为了品尝那些奇特和平淡
也为了那些昨日开过的小花和昨天放飞的白鸽啊
我们在闹市区的橱窗上
贴一帧"老照片"

看海

二〇〇〇年三月

迢迢海望，
不由心思量。
半生轻浮名，懒争让?
看波涛翻涌，
竟拍岸堆雪，
何须论得丧。
人过中年，往事烟消云荡。

生辰又到，相约重来踏浪，
幸有子妻随，心欢畅。
且看天高海阔
鱼潜底，鸟翱翔，
轮回何必想?
忍将阎浮，认作心安吾乡。

举杯

——以茶代酒，与老同学对饮

二〇〇一年二月

其一

对坐如平静的湖水

相视中遣散了缭绕的思念

细心倾听

有轻扣柴扉和闲敲棋子的声音传来

从魏晋，到唐宋，到明清——

一任世事清浊

一任宦海浮沉

一任财气聚散

只有苦涩过后

才品味出这一份淡泊

一泓甘泉

滋润了心中的荒漠

今宵挥手作别

怎不时时忆起

这春温里的一尖新绿

其二

举杯对饮
四十年的光阴从指间流过
杯中浮荡着一轮赤日
和冷冷的蓝月
回首之间
把昂扬与失落
都沉淀成明净和澄澈

人啊
前半生喂养了欲望
后半生学会了思索
背一箩筐欢乐
提一袋子苦难
走过了平坦与坎坷

晚风拂面
绿树婆娑
夕阳正缓缓坠落
与君别后
剩余的日子该如何度过
品茗归来
路上悟得一偈
偈曰：
我若忘物
物必忘我

吹吧，大风

——沛县"汉城"题咏

二〇〇一年三月

展览一段历史，
诉说一段衷情，
演绎一个熟悉又新鲜的故事，
编织一个真切而神奇的梦境。

我的眼前仿佛有车马驰过，
战旗猎猎，闪耀着刀光剑影，
透过历史的烟尘，
我看到了那一张刚毅的面容。
我的耳畔依稀有丝竹响起，
弦歌声声，弹奏出海内清平。
拉开历史的帏幔，
我听到了那优美的和声。
啊，四百年大业酿成了一坛甘醇，
那沛公用他杯中的酒，
把一部中国史泼洒得又香又浓。

我俯视这一方热土，
它孕育过繁荣鼎盛；
我仰望这一片蓝天，
它卷起过狂飙飓风。

看今朝，高楼巍巍，秧苗青青，
苏北大地上虎跃龙腾，
天地间走来的汉唐子孙，
正用汗水和激情，
续写着今日的文明！

展览千秋骄傲，
诉说万古风情，
历史的长河回响着不息的涛声。
大风啊，你吹吧，吹吧，
把我们的血液吹成熊熊的炉火，
铸成那不死的汉魂啊，
永远跳荡在我们胸中！

新千年中国纪事

二〇〇二年七月

新世纪的大门
訇然打开，
我们的眼前一片奇光异彩。
喜鹊闹梅——
喜报一个接着一个，
锣鼓迎春——
好戏一台连着一台。
国运昌盛万事兴啊，
喜事多多，
振奋了我们的民族情怀。

一

多少年的渴盼，
几代人的期待，
火药和雷声啊，
在我们心中掩埋，
屈辱和痛苦
把我们压抑得太重、太久，
沸腾的热泪
时时都在冲击着
我们的血脉。

等待着爆发，
等待着裂变，
"站起来"的中国，
要扫除头上的阴霾，
要抖落身上的尘埃。

在二十一世纪的第一个夏天，
在信仰开花的七月，
美梦果然成真，
好运终于到来。
"我们赢了！"
电视机前的欢呼
引爆了千家万户，
疯狂的人群
涌上了十里长街。
中国多么拥挤，
北京多么狭窄，
攒动的人头，
挥动的臂膀，
汇成了人山人海。
激情与灯火
燃烧了千百座城市，
锣鼓与唢呐
沸腾了千万个村寨。
用嘶哑的嗓子尽情地呼叫：
"我们赢了！"
中国，扬起笑眉，
跨过艰难的门槛；
用含泪的声音高声呐喊：
"我们赢了！"

中国，挺起胸膛，
登上崭新的台阶。

记住这个
刻骨铭心的日子，
记住这个
动人魂魄的时刻，
当萨马兰奇嚅动的嘴唇，
吐出两个字：
"北——京！"
一声惊雷，
炸响了整个世界。
二〇〇八年属于北京，
光荣与我们携手，
自豪与我们同在！

热血奔涌，
中国人情系奥运；
今夜无眠，
中国人心潮澎湃。
振奋精神，
忘我工作，
奥运精神，
会让我们更高、更快。
让我们把承诺，
许约给 二〇〇八年的太阳。
一次最好的奥运，
正向世界飞吻，
一个五彩缤纷的中国
正把全球的朋友
深情地等待。

二

新的世纪黎明，

满天彩霞，

每一轮初升的太阳啊，

都会让中国人喜出望外。

"申奥成功"的热潮还没有退去，

"足球出线"的捷报接踵而来。

偌大的中国又成了欢乐的大海。

四十四年苦心追求，

四十四年努力不懈，

六次冲击，

六次失败，

几代人的梦，

几亿人的痛，

挫折和屈辱，

都用汗水和泪水记载。

中国龙，终于雄起，

中国足球的历史

从今日更改。

五里河一声惊雷，

看咱们的国足，

将一只大球

踢出了亚洲

踢向了世界！

"世界杯，我们来了！"

这雄狮般的吼声，

喊出了中国球迷

心中的欢快。

谢谢你，

头发蓬乱的米卢，

你这个神奇的

怪怪的"老外"，

中国的"体育彩票"，

今天你算是中了"头彩"，

在狂热的欢呼声中，

我们把你抬起来，

从五里河体育场出发，

前簇后拥，

绕中国一圈，

绕亚洲一圈，

绕世界一圈。

是你额头皱纹里

溢出的笑意，

把我们心中的冰雪融解。

是你倾洒了心血和智慧，

中国的足球之花，

在一夜之间盛开。

把更多的掌声留给你，

让你分享我们的快乐，

把如火的激情献给你，

只有在

有亿万球迷的中国，

你才会赢得

这么多的爱戴。

谢谢你们，

雄姿英发的"国脚"，

中国足球的"将才"，

感谢你们圆了我们的美梦,

让中国人的脊梁挺了起来。

经历了

前赴后继的拼搏,

经历了

卧薪尝胆的苦涩,

几多风雨

浇不灭心中的烈火,

几多创伤

割不断跃动的血脉。

是七尺身躯

就不会趴下,

是热血男儿,

就痴心不改!

圆圆的足球

是不落的太阳,

你们就是逐日的夸父啊,

眼前永远是

灿烂的光海。

当几代人的期盼成为现实,

你们竟无语凝噎

不善于表白,

只有怦怦跳动的心脏,

诉说着壮烈的情怀。

谢谢你们,

中国的亿万球迷,

无论是青年、老人

还是童孩,

谢谢你们不衰的热忱,

谢谢你们对足球的痴爱。

你们亢奋的呐喊，

摇撼了三山五岳，

你们倾注的激情，

把中国燃成了一片火海。

今天哟，

你们的表现格外出色，

手里舞着国旗，

脸上画满油彩，

衣兜里装着

啤酒、茅台，

亲历五里河观战助阵，

让举世都赞叹

中国人的潇洒豪迈。

在第一时间里，

把喜讯传开，

把火爆的场景

全部装入镜头，

带给亲人朋友

一道精神大菜。

三

新的世纪，

有太多的精彩，

今天的中国，

备受青睐。

眼前又是一个金色的秋天，

蓝天下，菊花和一串红正在盛开，

宁静的中秋和国庆刚刚过去，

平地里一声惊雷，
"神舟"五号载人飞船飞向了天外。

大江南北群情振奋，
普天下的朋友
一齐为中国喝彩。
你看，杨利伟的目光
充满了坚毅和自信，
航天者百感交集的热泪，
为中国的胜利
作了生动的注解：
我们多么优秀，
正气凛然
自立于世界民族之林，
我们证明自己
在新的世纪
能够创造出神奇的境界。

放飞激越的音符，
融进雄壮的合唱，
掀起欢乐的浪花，
汇入喧腾的大海。
抓住机遇，
时不再来，
办好中国的事情，
责无旁贷。
让我们不停地进击，
不息地追逐，
在新世纪的舞台上，
我们会摘取更多的奖牌！

潍坊风筝

二〇〇三年三月

一只报春的紫燕
带着温润的海风
从山东半岛
飞进我的书房
于是
我这小小的斗室
听到了早春的脚步

岂能让你久久的停落在粉笔上
等待我苦涩的灵感
我要借你的翅膀
和声声呢喃
昭告全世界的朋友
我有一封古老的诗笺
上面早已写好朴素平凡的诗句

燕子啊，燕子
请你衔上它
穿过浓云硝烟
闯过乱鸦群飞的机群
去寻找蓝天碧水
和那白鸽啄食的

绿茵如毯的草坪
你说
在中国的每一扇窗口
都会放飞一只
潍坊风筝

他，就在我们中间

—— "王杰精神"颂

二〇〇五年七月

一

那一团火光

竟引发如此长久的裂变

斗转星移四十年

我们的心中还交汇着闪电

那一声轰鸣

竟产生如此强烈的震撼

潮涨潮退无止息

华夏大地仍然在山呼水唤

一个身影扑过去

扑向了时代的制高点

一座丰碑耸起来

矗立在亿万人的心坎

那是一个激情燃烧的年代

人们崇拜英雄

英雄却是那样的平凡

那是一个粉身碎骨的故事

无私无畏无愧悔

飞扬的青春

挥洒着血写的誓言

"一不怕苦，二不怕死"

随着一位伟人坚定的手势

一曲壮歌磅礴云天

啊，王杰

一个普通的士兵，在那一瞬间

用自己的身躯

拯救了十二个年轻的生命

啊，王杰

一位二十三岁的战士，像离弦之箭

以他特有的姿态

为我们打开了一部人生的经典

二

走过了一个又一个惊心动魄的七月

暴雨和洪水永远冲不垮夏天

看，所有的植物都在疯狂地生长

用那生命的绿色

顽强地搏击风雨，笑傲蓝天

那些逝去的岁月

并不会发黄

我们记忆中的向日葵

同今天的紫薇花

开放得一样灿烂

变化了的是我们日新月异的生活

未改变的是我们不折不扣的信念

而时间，只不过是一把尺子

一分分，一寸寸

将我们的真诚检验

今天啊，我们在中国大地上寻访
登上那长长的运河堤
将他的名字深情地呼唤
风雨四十载
运河水有起有落
运河月有亏有圆
而他的名字还是那样简洁、鲜活
就像每一个清晨新生的太阳
充盈着朝气和温暖
喊吧，让我们放声地喊吧
喊出我们一万四千六百个日日夜夜的思念和渴盼
在哪里，该会有他的脚印和乡音
在哪里，会看到他的身影和容颜
在哪里，我们能和他惊喜地重逢
在哪里，我们能同他开怀畅谈

三

我们走进一所
以他的名字命名的小学
少先队员们的歌声多么清甜
他们围着"王杰叔叔"在听故事
泉水淙淙流入了纯洁的心田
我们走进一家
以他名字命名的医院
一段佳话正在流传
又一名叫"王杰"的战士
把一位老奶奶送进了病房

缴上费用，守候了通宵

当老人的亲属赶到

他已离去，走得那样悄然

我们走进了一个

以他的名字命名的码头

人们绘声绘色

描述着那一场抗洪抢险

一道人墙堵住了决口

劈波斩浪靠的是铁臂钢肩

他们的名字都叫"王杰"

迷彩服下都有一副赤诚的肝胆

我们走进一个

以他的名字命名的车站

动人的一幕正在上演

年轻战士的"假日"多么充实

助人为乐，把爱心点点滴滴地奉献

他们扶老携幼肩扛手挽

哪里需要，"王杰"就在哪里出现

不要再问王杰他在哪里

他已经听到了我们的声声呼唤

此刻啊——

他在北国哨所

他在南疆兵站

他在东海渔岛

他在西域雪原

他远在天涯又近在咫尺

王杰，他就在我们身边

就像热带雨林中的

一棵普通的树

他一直同我们站在一起
枝叶交映，根须相连

四

他，就在我们中间
他熟悉的声音回响在我们的耳畔
——是一块煤就应当燃烧
是一支蜡就应当点燃
发光发热，接受熔炼
我们重读他的日记
听到了他的呼吸和心跳
真情的告白，朴素的语言
使今天那些浮夸的广告和矫情的短信
显得何等苍白和暗淡
那是一个时代的话语啊
历史的鼓槌曾经敲响过我们的心弦
他就在我们中间
和我们臂挽着臂，肩并着肩
一起来应对今天和明天——
我们已经过上了溢光流彩的日子
你看超市里琳琅满目的商品让人晕眩
我们已经拥有了那么多的快乐和满足
我们也还有不少的苦恼与遗憾
生活中的黑洞需要我们用智慧去填堵
和谐的社会期待我们用双手去构建
像他那样再多流些汗水吧
"一不怕苦"——拼搏再拼搏
像他那样挺身而出吧
"二不怕死"——奉献再奉献

他，就在我们中间
仰望他军帽上闪闪的红星
能校正我们思想上的准星
看着他那双清澈善良的眼睛
会洗去我们心灵上的杂念
看吧，在"八一"军旗的引领下
正走过青春的方阵
雷锋和王杰在向年轻的朋友们召唤
让我们跟上他们矫健的步履
去追赶那一轮燃烧的太阳
让我们唱起嘹亮的军歌
去跨越那千条江河，万重关山

梦里老家（十首）

二〇一〇年秋

老屋应犹在，周遭草木深。
一声秋蝉鸣，撕碎游子心。

墙角青红枣，累累挂枝头。
个个酸甜味，一一心中留。

祖母纺车响，伴我入梦中。
油灯明灭里，犬吠三两声。

桐花谁家落？短墙接四邻。
炊烟袅袅起，鸡犬时相闻。

清甜苦井水，树下待行人。
夏日常牛饮，凛凛凉透心。

一夜桃花雨，河水漫板桥。
蛙声树下响，鲫尾门前摇。

入夏雨水多，农活少安排。
谁在瓜棚里？闲卧读《聊斋》。

节气曰芒种，麦熟杏子黄。

家家烙面饼，满村新麦香。

少年有发小，终日不离分。
爬墙掏鸟蛋，攀爬捅蜂群。
雨后摸知了，风中堆雪人。
难忘斗蛐蛐，争当大将军。
老来再相遇，白发染双鬓。
拍肩竟无语，何处觅童真。

昔日喜乐地，婚嫁相送迎。
如今何寥落，四处冷清清。
荒村人烟少，十户九室空。
青壮打工去，留守皆童翁。
山林谁守护，田园谁播耕？
英明领航者，常敲警示钟。
立国之本在，固本必重农。
展望好前程，乡村大振兴。

清明诗二首

二〇一一年四月

其一

杨柳依依又一年，野火明灭散青烟。
荒郊但见蝴蝶飞 [1]，几人有泪洒坟前。

其二

雨洒郊野草木柔，回乡扫墓即春游。
去时纸钱信手撒，归来野花插满头。

---

[1] 宋人清明诗有云：纸灰飞作白蝴蝶。

微山湖上二首

二〇一一年七月

其一

一湖烟水碧连天，翠盖亭亭绿浪翻。
白莲娇羞展笑靥，红蕾摇曳烈火燃。
船来鸟落芦苇荡，雨过鱼戏莲叶间。
最是拉魂柳琴调，清风入怀润心田。

其二

芦荡蓦然起枪声，快船快刀出神兵。
土雷炸飞膏药旗，血染湖水夕阳红。

上海城隍庙

二〇一二年五月

琳琅满目新商铺，钩心斗角旧画楼。

小吃王国陈百味，古旧书店藏春秋。

久享盛名梨膏糖，回味不尽五香豆。

土耳其之冰激凌，技艺炫目吊胃口 [1]。

购物广场荡笑声，九曲回桥涌人流。

道观香火何氤氲，愚园亭台呈灵秀。

自古江南繁华地，不虚沪上一日游。

---

[1] 制作冰激凌的老外动作搞笑，逗得游客喜乐不已。

中秋感时
——观中秋晚会

二〇一二年九月

暑退九霄净，雨洗万山青。

五洲临皓月，四海共素风。

铁帚扫腐败，巨臂铲贫穷。

笙歌讴盛世，燕舞颂昌平。

时逢尧舜天，华夏大复兴。

天柱山抒怀

二〇一二年九月

　　学校更名之后，又逢校庆六十周年，喜事连连，令人感奋。我已退休多年，且寓居外地，对学校愧少贡献。现正奋一己之力，撰写一部《中国新诗百年史》，常觉有负重登山之苦。退休前夕，我曾随中文系同仁游天柱山，互勉之下，一鼓作气，竟登上了绝顶，日后忆起常有快意。现将当时之感受排列成行，不求诗味，借此以自励也。亦愿随学校事业之发展，登高临远，看到明天更加壮丽的风景。

一

拔地而起　倚天而矗
好一个奇绝的名字
天——柱——山
擎天之柱！
阅尽沧桑　雄视千古
你挺起傲岸的身躯
扛住了一天风雨

你站得何其威严
你来得如此突兀
你高高耸立在我们头顶
令人瞠目结舌

天柱山啊天柱山
你原本是熊熊的烈火
在地下运行奔突
你原本是滚滚的岩浆
骤然间喷薄而出
你在一次裂变中毅然崛起
是那涌动的激情将你熔铸!

腰间雾霭缭绕 脚下白云飘浮
松涛阵阵 山风呼呼
天柱山啊天柱山
多少个朝霞散锦的清晨
多少个落日西沉的薄暮
你笑迎着来访的游客
你目送着归去的队伍
你固守着这一份执着和寂寞
度过了千万个晨昏与寒暑

二

莫笑我两鬓染上了银霜
莫看我脊背已有点儿佝偻
今天我加入年轻的队伍
精神抖擞,迈开了青春的脚步
这真是"老夫聊发少年狂"
春天里,决心一展好筋骨
登山去,甩掉尘世的纷扰
一根竹杖走天涯
心在山高云深处

林海翻腾起伏

鸟儿在风中追逐

山崖流泉飞瀑

山茶如火如荼

无限风光入眼帘

一路春色展画图

勇攀登 莫回顾

心高自当凌绝顶

岂能做懦夫!

踢开荆棘石块

穿过深涧幽谷

留下欢歌笑语

洒落滚滚汗珠

一步两步三步

一步一个零起点

一步一个新高度

我们经历了

艰险和崎岖

我们尝到了

甜美与辛苦

终于登上了

高耸入云的天——柱!

三

手抚"听风松"

清风荡肺腑

放眼"观景亭"

望尽天涯路

粼粼"天池"水啊
洗我心上
静静"炼丹湖"啊
解我忧和虑
山中美景随处有
一处一流连
一处一驻足
今日灵魂得逍遥
自我又重塑

落日坠下山谷
游人挥手归去
带走了山的坚定与自信
带走了山的超拔和威武
当晚霞的余晖
洒落在人们的肩头
我仿佛看到每个人的背上
都黥上了两个字
天柱!
天柱!

"前海"进行曲（朗诵诗）[1]

二〇一三年十月

历史将你推向了前沿，

——这一湾平静的海水，

——这一片神奇的海滩；

时代给了你最好的机缘，

——脚下这五色的土地，

——眼前那高远的云天。

风云际会，又一声春雷在"珠三角"炸响，

须臾之间，改革开放的魔方加速了运转：

目光向这里聚焦，

能量向这里汇集，

十五平方公里的寸土寸金

——成了新一轮经济发展的热点！

啊，前海——

深圳又一张崭新的名片，

中国又一张灿烂的笑脸……

你是一块血肉丰盈的沃土，

你最知道什么叫"沧海桑田"，

从填海造地时你就埋下了裂变的因子，

你的每一粒泥沙都充满了期待与渴盼。

---

[1] 原载 2013 年 10 月 23 日《深圳商报》。

三十年凝视着深圳湾波翻浪涌，
你的心中早已回荡着千顷狂澜，
三十年谛听着大鹏鸟振翅鼓翼，
你在梦里早已搏击过万里云烟。
今天，你依山面海敞开了胸怀，
看各路大军幡旗林立扎下了营盘；
今天，你笑迎春风展开了画卷，
任新一代改革者浓墨重彩挥写诗篇！

啊，前海
深圳的又一张崭新的名片，
中国的又一张灿烂的笑脸……

推土机在轰鸣声中展开了蓝图，
塔吊和井架把心愿写上了蓝天，
低碳——环保——生态——
转型！升级！崛起！
企业——项目——人才——
高端！高端！高端！
领航者高瞻远瞩，指引方向，
决策者运筹帷幄，坚毅果断，
指挥者胸有成竹，雷厉风行，
建设者脚踏实地，奋力鏖战……
智慧与力量在这里撞击出火花，
时间与速度使这里瞬息万变。
一个创意，会改写一页历史；
一份辛劳，会收获万种甘甜。
拿出硬功夫，
甩开膀子干，
让我们挥洒汗水吧，

汗水洒落会绽放出一丛丛鲜花。
让我们迸发激情吧，
激情燃烧天地会更加灿烂！

啊，前海——
深圳的又一张崭新的名片，
中国的又一张灿烂的笑脸……

前海呵，前海，
你毗邻香港、澳门，
连接起广州——珠海——东莞。
拓展深港合作新的途径，
探索转型升级新的经验，
金融、物流、服务、信息……
交织出现代化新的图景，
搭建起接轨国际的桥梁与跳板。
你是深化改革的新地标，
你是扩大开放的试验田，
你迈开步伐挺起胸，
站立在历史发展的新节点！
前海呵，前海，
都说你是一只概念股，
会一路飙红，前景无限；
都说你是香港"迷你"版，
会活力四射，气象万千；
都说你是珠三角的"曼哈顿"
会流光溢彩，热情浪漫……
是这样，又不仅仅是这样，
今天新一代的改革者，
正打造你多彩的形象，

充实你丰富的内涵：

你是又一声进军号——号声嘹亮，

你是又一面迎风旗——旗帜鲜艳，

你是又一头拓荒牛——牛气冲天，

你是又一颗启明星——星光璀璨！

啊，前海——

深圳的又一张崭新的名片，

中国的又一张灿烂的笑脸……

海风轻轻地吹拂，

鸥鸟自由地盘旋，

序幕骤然拉开——

一场有声有色的大剧已经上演！

汇聚中国力量，焕发中国精神，

为伟大的中国梦，编一个灿烂的花环。

前海啊，希望之海，

你将会展现出惊人的美妙与奇幻，

让我们一齐奔向未来吧，

霞光在前！

旭日在前！

普林斯顿大学

二〇一四年七月

　　它坐落在景色幽雅的乡村小城，是美国八所常青藤盟校之一。该校毕业生中有三位总统、四十四位州长、三十三位诺贝尔奖得主及其众多华人学术精英。

小城古堡常青藤，流水涓涓细有声。
重教尊科名域外，培优擢秀育精英。

尼亚加拉瀑布二首

二〇一四年七月

　　尼亚加拉瀑布位于加拿大和美国交界的尼亚加拉河中段，号称世界七大奇景之一。上游的水流到这里从 56 米左右高的悬崖上以每秒 5720 立方米的流量倾泻而下，气势澎湃在峡谷回荡不已。

其一

千军万马来天外，跌入深谷化雾霾。
碎骨粉身心未悔，英魂呼啸壮情怀。

其二

晚霞落照弄晴柔，瀑布千尺挂彩绸。
鸥鸟穿梭风前舞，织出锦缎逐水流。

加拿大千岛湖

二〇一四年七月

在渥太华西南二百多公里圣劳伦斯河和安大略湖相连接的湖段，散布着大小不一的天然岛屿一千八百六十五个，被称作千岛湖。深水碧蓝，广阔而平静，湖中不乏名岛，有许多美丽传说。

游艇破浪御风行，穿越时空入画屏。
几处楼台临碧水，一条彩练挂长虹。
古堡无语留佳话，短桥有心结友情。
览胜流连童话里，归来多日梦方醒。

咏萝卜花

二〇一五年五月

萝卜埋盆中，一冬静无声。
应是春意暖，奇迹忽发生。
夜来破土出，生机何葱茏。
叶肥茎且壮，蓓蕾紧簇拥。
花朵恣意开，雪白添粉红。
不争春色俏，静立沐和风。
生命得绽放，应教诗人惊。

蓝点口占

二○一五年十月

　　蓝点位于印度尼西亚巴厘岛乌鲁图瓦山崖上，拥有美丽的浪漫海景。韩剧《巴厘岛的日子》曾在这里拍摄。时尚纯白的蓝点湾教堂，梦幻般地伫立在海湾上。山下是著名的冲浪胜地。

长天一抹无纤尘，破浪飞舟逐流云。
谁立高崖开怀唱，山风传来海豚音。

湉湉十八岁生日喜赋

二〇一七年三月廿九日

三月岭南物候新，徐徐细雨浥轻尘。
杜鹃开放送暖意，新蕾萌动报早春。
蓝天大鹏御长风，碧海银帆逐流云。
正是人生好花季，冉冉红日曜乾坤。

流寓深圳十年感赋

二〇一八年春

一

回黄转绿又一春，岁月如刀留印痕。
雨洗汗浸风湿骨，沙迷雾漫霜染鬓。
无欲无求万念灭，有骨有气一息存。
老骥虽失伏枥志，暮年尚怀忧国心。
梦萦南海万顷浪，情系两岸一家亲。
流水匆匆烟袅袅，乡愁牵动游子魂[1]。

二

国运昌平逢盛世，家风和熙沐后人。
秋闻蟾宫折金桂[2]，夏见鲤鱼跃龙门[3]。
更有能人踏巨浪，商海弄潮任浮沉。
老太当家堪点赞，压舱掌舵定海针。

三

吾居鹏城逾十载，无枷无锁自由身。

---

[1] 多年来爱看《海峡两岸》《记住乡愁》等电视节目。
[2] 儿子徐剑在中国矿业大学已评为三级教授；儿媳袁辉亦晋升教授。
[3] 孙女徐因之爱丁堡大学硕士毕业，入职上海。孙女徐雨萌考取暨南大学。

读书旅游品美食，登山观海赏流云[1]。

遛弯常见猫追狗，走圈最怕车撞人。

不爱上网玩微信，奇谈怪论假新闻。

一世终生难释怀，耽爱新诗喜旧韵。

终日检索复搜寻，不知冬夏与晨昏。

一部《新诗百年史》，书稿草就不示人[2]。

人生易老天难老，嗟乎而今过八旬。

阎君忘却我去处，不派小鬼来敲门。

坐食月薪享天伦，不变痴呆即是神。

---

[1] 数年间徐爽带我们去了美国、加拿大、印尼、日本、越南等地。

[2]2008 年至 2016 年 8 年间，完成 60 万字《中国新诗百年史》一部，尚未出版。

河内行

二〇一八年十月

越南经济起飞，万象更新，速度惊人。

朝见新楼拔地起，夜闻犬吠鸡鸣声。
汽车穿梭长龙舞，摩托大军潮水涌。
度假新村通幽处，三十六街走迷宫[1]。
还剑湖畔歌舞多，巴亭广场人肃静。
最是繁忙机场路，敞开门户迎宾朋。
杰尔亚洲后来者，升起一颗明亮星。

[1] 河内旧区有三十六条各具特色的老街，道路纵横交错，即使方向感极强的人，也很难走出来。

咏知己生态养生园

二〇一八年十月

人生少知己，晚年机缘来。
入住养生园，怡然乐开怀。
大鹏风水地，景色何美哉。
背后依青山，面前瞰碧海。
四周绿树合，眼底鲜花开。
清歌盈耳畔，丝竹入九垓。
佛堂烟袅袅，仙乐净尘埃。
邻居联五湖，朋友聚四海。
谈笑传亲情，握手送真爱。
盛世福寿长，快乐春常在。
莫道桑榆晚，余霞放异彩。

葵涌叙事

二〇一八年十一月

一

深圳东南隅，有镇曰葵涌。
依山观云飞，面海听涛声。
碧草绿冉冉，林木郁葱葱。
鲜花展笑靥，翠竹弄清影。
民舍鳞比建，道路回环通。
老街行人少，超市货物丰。
一片工业园，人去厂房空。
标牌依然在，犹忆繁华景。
而今白鹭飞，山水流淙淙。
美哉好环境，宜居乐融融。

二

葵涌有公园，小巧而玲珑。
初次来游览，吾心怦然动。
巍巍烈士碑，浩然傲苍穹。
东江纵队人，在此建丰功。
雨夜搞奇袭，黎明出神兵。
洒血战黄沙，风卷战旗红。
倭寇魂魄散，英雄留美名。
公园临老街，汇集老中青。

平明练太极，笑迎旭日升。
傍晚跳街舞，舞出中国风。

三

小住来葵涌，休闲且养生。
知己工业园，顺势巧转型。
开办颐养院，服务在民众。
敬老奉大爱，孝亲献至诚。
设施称齐备，环境亦幽静。
老者纷然至，欢欣展笑容。
四海如一家，邻里胜亲朋
书画陶情志，歌舞抒心胸。
盛世寿而康，人人是福星。
噫唏感怀多，赋此葵涌颂。

咏老散句

二〇一八年十一月

其一

北国秋风凋落叶，南粤杜鹃红欲燃。
白云苍狗巧变幻，回黄转绿又一年。
不叹人生如转蓬，此心到处皆悠然。
大小梅沙水连天，海鸥飞起任盘旋。

其二

盛衰本常理，老去乃自然。
腰弯影亦斜，发少帽自偏。
刚睡忽惊醒，欲说已忘言。
不做垂老叹，豁达心地宽。
试看悲鸿马，蹄下生云烟。
想想白石虾，无水也活鲜。
应羡可染牛，牧笛萦耳畔。
堪学黄胄驴，萌态招人怜。
江南杏花雨，塞上风雪天。
闻钟泊枫桥，折柳出阳关。
默诵古诗词，情怀受熏染。
孤独奈我何？羽化已登仙。

福星楼抒怀

二〇一九年一月

　　在养生园福星楼小住了数日，观察体验了退休老人的养老生活，取其点滴，铺写成篇，弘扬一下正能量。

你步履蹒跚，我佝偻前行；
他坐在轮椅上，把手轻轻摇动。
但我们是幸福的一群，
在暖暖的冬阳下，
比邻而居，其乐融融。
啊，福星楼——
这名字多么温馨喜庆。
在浩瀚的人海里，
他们是被捧在手心里的晶莹的水珠。
呀，福星楼——
这名字多么吉祥动听。
在灿烂的银河里，
我们是永远不会陨落的璀璨的明星。

池里的鱼儿，在欢快地漫游；
树上的鸟儿，在婉转地和鸣。
楼前楼后，
绿树婆娑，碧草青青。
歌声在耳畔缭绕，

仿佛有一双双温暖的手，
在抚慰我们的心灵。

已经远去了，
那些激情燃烧的岁月；
已经跨过了
那些坎坷崎岖的路程。
我是桃李满园的教师，
你是救死扶伤的医生，
他是律师、厨师、机修工……
我们都把青春和热血，
献给了祖国壮丽的事业。
告别了昨日的鲜花和掌声，
今天，都回归了
——淡泊与宁静。
我们在福星楼前，
欣赏西天落霞；
我们凭栏远眺，
看旭日东升。
壮美的人生还不该谢幕，
在除夕迎新的晚会上，
我们放声高歌——
最美不过夕阳红。
当年轻的小伙伴，
竖起点赞的拇指，
我们像沐浴和煦的春风。
当护工们送上生日蛋糕，
我们深深地知道，
这是在分享盛世太平。

朋友啊，勿讳言，

我们的心脏和脉搏已有些微弱，

但它却和新时代一起跳动。

朋友啊，切莫说

这养生园在城市的一隅，

它却是难寻的人间仙境。

福星楼啊福星楼，

你是我们真心停靠的温馨的港湾。

在这里——

我们编织着

五彩缤纷的好梦；

在这里——

我们又开始了人生中

崭新的航程。

流浪狗
——深圳散记之八
二○一九年五月

就是这只流浪狗
这只项圈儿上还留着半截绳子的流浪狗
天天在去公园的路上
慌张地寻觅，默默地蹲守

他曾多次询问、乞求
那些紧跟着主人的伙伴
要么轻蔑地摆摆尾
要么高傲地摇摇头
他也曾多次认错了人
遭到的是驱离和斥吼
他不知道自己犯了什么错
主人就这样断然放手
不常说是一家人吗
又说是最亲密的朋友
现在把牛奶和香肠都给了新来的小可爱
却让它流落在郊外和街头

他的鼻尖心酸地抽泣
眼角有泪水在流
失去了早餐的美味儿

没有了抚摸的温柔
从此以后
该如何度过那些黑夜和白昼

抖一抖毛发，振作起精神
哪管他暴雨倾盆还是烈日当头
自己是这繁华都市的特殊公民
哪里都可以看看走走
要么就去看一会儿大妈们的广场舞
再捡一根骨头
去细细咀嚼
属于自己的孤独和自由

绍兴鲁迅故居纪行

二〇一九年五月

鲁迅外婆家在绍兴市安桥头。祖父周福清因科考案入狱，家道因此而衰落。1898 年 5 月，鲁迅告别苦乐参半的童年，赴南京求学，后来成为一代文豪。

江浙自驾游，冒雨至绍兴。
步入东昌坊，先生门外迎。
手中烟袅袅，短髭微微动。
面貌何清癯，冷眉犹自横。
先生偕我行，步履缓且轻。
百草园中竹，郁郁复葱葱。
石井皂荚树，泥墙常青藤。
田畦油菜黄，屋角桑葚红。
随想乌篷船，驶向安桥东。
社戏韵味长，瓜田月朦胧。
童年喜乐多，细雨沐和风。
三味书屋在，几净户牖明。
犹闻迅哥儿，引吭诵读声。
融合儒道禅，饱览十三经。
壮心鸿鹄志，落笔走雷霆。
矢志荐轩辕，扶民危难中。
倏忽风色变，地动梁柱倾。
家道遂中落，堕入困顿境。

世人投白眼，人情冷若冰。
决意走异地，寻求新路径。
追逐少年梦，触景皆生情。
大雨虽滂沱，游人兴味浓。
咸亨酒店前，谈笑争留影。
环顾来访者，比肩又接踵。
铁粉不胜数，老幼皆追星。
大哉民族魂，华夏之精英。
高山景行之，万世留美名。

绿谷辞

二〇一九年七月

　　深圳市福民路与富强路交叉口，原为文具小商品批发市场，热闹非常。据说地下是一条排水干道，汇入深圳河。现市场已拆迁，种上花木，建成了一条百米长的林荫带，名曰绿谷路，为城市增添了一道亮丽的风景。

闹市何喧嚣，车水又马龙。
噪音穿耳膜，尾气呛鼻孔。
超市声浪滚，地铁人潮涌。
不得插翅飞，何处寻安宁？
蓦然传喜讯，绿谷路建成。
市民相约来，赞叹一声声。
犹如走戈壁，心底流泉清。
恰似过荒原，眼前现彩虹。
翠竹弄清影，款款展真情。
新树初成荫，习习送凉风。
花丛蜂蝶舞，枝头鸟雀鸣。
林中传笑语，广场起歌声。
何处弄箫笛，无人不倾听。
谁人在歌唱，风止云不行。
城市园林化，绿谷生意浓。
吾赋绿谷辞，怡然乐太平。

迎春歌

二〇二〇年二月

> 高天滚滚寒流急，
> 大地微微暖气吹。
>
> ——毛泽东《七律·冬云》

还没有跨出阴冷的冬季
我们还在和雨雪泥泞纠缠
封闭后的城市刮着瑟瑟寒风
万家灯火也变得昏暗
还没等把迎春的爆竹点燃
还没到跨年的钟声撞响心弦
一个空前的灾难突然降临
病魔在肆虐——
疫情在蔓延——
亿万人同声呼唤着
武汉！武汉！

啊，中国——二〇二〇年的中国
让整个世界震撼

一声号令，全民动员
同时间赛跑，与病魔搏斗
打响一场疫情防控阻击战

一个党组织，就是一座堡垒

矗立在安危最前沿

一名党员，就是一杆旗帜

战斗在生死第一线

那一个个最美的身影

那一副副坚毅的容颜

展示着一个坚定的信念

跨过寒冬就是百花盛开的春天。

啊，中国，二〇二〇年的中国

让整个世界震撼

四面围攻，八方驰援

无声的战场上弥漫着硝烟

我的歌要唱给

那一群群负重的逆行者

是他们用青春和生命

谱写着壮丽的诗篇

看志愿者的车队日夜穿梭

以辛劳和执着连接起割不断的生命线

看那些奋力鏖战的医生、护士

以真心和大爱捍卫着生命的尊严

那些快递小哥在寒风中穿街走巷

给千家万户送上笑容和温暖

看火神山、雷神山的基建狂魔

用中国速度编织出希望的花环

五颜六色的施工机械挥动铁臂

消灾灭疫的火神雷神正把瘟神驱赶

啊，中国，二〇二〇年的中国

让整个世界震撼

我的歌唱给一位耄耋老人
钟南山——人们心中耸立的高山
已经是第二次披挂出征了
面色那么严峻，步履那么矫健
你告诉人们不要去武汉。
自己却走得毅然决然
一个个紧张劳碌的白昼
一个个殚精竭虑的夜晚
你和你的团队同千百万的白衣战士
顶风逆行，力挽狂澜
为什么你的眼中噙着泪水
那是你对人和土地的深切爱恋
本应当去寻访秀峰奇洞、胜地美景
本应当去品茗吟诗，颐养天年
你却选择了无私奉献，勇赴国难。
钟南山，从唐诗里脱颖而出的钟（终）南山啊
你把一个大写的人字镌刻在万里云天

啊，中国，二〇二〇年的中国
让整个世界震撼

"天事不可长，劲风来如奔
阴霾一似扫，浩翠写国门"
这是唐代诗人贾岛的诗篇
它抒发了冬去春来的欢乐情感。
"高天滚滚寒流急，大地微微暖气吹"
这是一代伟人毛泽东的名句
他展示了高瞻远瞩的胸怀和信念

是啊，没有一个春天不会到来
跨过严冬，就是阳光明媚的春天
听吧，远处正滚动着隐隐雷声
看啊，天边的霞光已经闪现
让我们作最后的生死鏖战
送走瘟神，高歌凯旋
快准备好打开所有的门窗
拥抱骀荡的春风
快铆足劲推动中国经济的巨轮
清除泥泞，飞快运转

啊，中国，二〇二〇年的中国
必定是春风万里，山明水秀
啊，武汉，二〇二〇年的武汉
一定会浴火重生，樱花烂漫

有些鸟
——生活素描之三十
二〇二〇年三月

有些鸟，
整日喳喳地叫。
叫得林子里不得清静，
叫得自己也挺烦躁。
为争个枝头高低，
为比个捕食多少，
气得跳跛了脚。

有些鸟，
太珍惜自己的羽毛。
暖阳下晒晒，
泉水边照照，
不敢在寒风里振翅，
不愿在林梢上呼哨。
纵然有峨冠博带，
也只是一只菜鸟。

有些鸟
善于献媚讨好。
养在金丝笼子里，
千回百转地鸣叫。

为了一把小黄米，
跳不完曼妙的舞蹈。
它哪里知道，
外面风有多爽，天有多高。

有些鸟，
出奇的孤冷高傲。
蹲在山崖，
——像一块怪石；
站在屋角，
——似一尊大雕。
多少名利需要琢磨，
多少哲理需要思考。
一旦陷入深奥的怪圈，
生命便交付了煎熬。

哦，春天了，
艳阳高照——
瞧那些牵着线的风筝，
在虚伪地飘摇。
而那些自由的鸟儿，
却正在快乐中捕食
在追逐中竞高。

有些树
——生活素描之三十一
二〇二〇年三月

有些树
成排成片地高矗，
像士兵一样整齐威武，
任暴雨抽打，
任飓风鞭扑。
枝叶相拥挽紧臂膀，
绝不后退一步。
守护住背后的田园绿野，
奉献出丰收的瓜果稻谷。

有些树
站在峭壁悬崖，
或立在茫茫沙漠。
暮色中送走日落，
霞光里迎来日出，
坚守着那一份寂寞孤独。
看那黄山上的劲松，
或哨所旁的白杨，
展现出怎样的雄姿风骨。

有些树，

亿万年埋在地层深处。
煤炭是他不屈的魂魄，
琥珀是他洒落的泪珠。
植物化石里的基干和叶脉，
是他留给后人的史书。
让我们去细心阅读，
有血有肉的历史才不会湮没。

有些树
进了楼阁殿堂，
成了擎天的梁柱。
有些树，
搭建了牛棚鸡舍，
为农家遮风挡雨。
有些树，
雕花鎏金精制成名贵家具，
价值连城，流传千古。
有些树，
粉身万段劈成木柴，
化作了炊烟一缕。
那些树呀！
物尽其用，各有归宿。

啊，又是植树节了。
艳艳春阳，和风徐徐，
快扛起树苗踏遍山谷。
唱一支植树的歌吧！
给天地间撒满绿色的音符。

菊饮

——生活素描之四十八
二〇二〇年三月

这一杯真有容量，
装着晋唐，装着宋元，
装着明清、民国和今天。

这一杯韵味悠远，
清凉了中国几千年，
升华出多少诗词名篇。

这不是屈原朝饮夕餐的花吗？
落英缤纷，
洒落在汨罗江边。
这不是陶渊明东篱下采来的花吗？
淡紫鹅黄，花瓣上露水未干……
那是谁把酒开轩，
正同朋友对饮……
那是谁帘卷西风，
在独自感叹……
那又是谁壮志凌云，
高唱出——
"冲天香阵透长安"……

啊！这些东方的花呀
如此的让人意醉情迷，
梦绕魂牵。
滁菊金丝娇艳，
黄山菊圣洁高贵，
杭白菊呀清纯甘甜。
闻一闻昆仑菊吧，
浓郁的香味儿融化了雪域高原。

把这些鲜美的花儿
轻轻地采摘，
温柔地杀青，
烘焙、蒸晒、风干，
糅进些民族情感，
添加些文化内涵。
菊花茶千姿百态地问世了，
一夜间销遍了塞北江南。

哦，壶中的水沸腾了，
杯子摆到了面前。
轻掇几粒，
慢投几片，
安心地坐下来静观其变。
任它云卷云舒，
任它浮沉聚散。
此刻啊
名利成了飞鸟，
荣辱化作云烟，
焦虑和忧思都付予了清闲。

细细地呷一口吧，
这一口品透了千百年。
《本草》上说——
祛风散热，明目清肝；
商家们说——
解毒镇痛，护肾利咽。
我只觉得这杯子里
冲泡的是平仄和音韵，
散发出的是人格和情感。
就在袅袅的烟雾里，
我看到了
屈原脚下的漫漫长路，
陶令眼中的隐隐青山。

小小麻雀
——生活素描之六十八
二〇二〇年三月

我是一只小小的麻雀，
没有飞越过浩瀚的大海，
没有搏击过万里云天，
我只在树杈屋角盘旋。
我会在离你很近的地方啄食，
悄悄地起落在你的庭院。

我是一只灰不溜秋的鸟啊！
——活得真实自然。

我是一只小小的麻雀，
不会像黄鹂叫得那样婉转，
也不会像燕子般的呢喃。
我不北归，也不南迁，
我只在我生活的地方生活，
没有动听的歌唱给冬天和春天。
有时会三五成群，叽叽喳喳，
说些吵些什么，谁也没有听见。

我是一只小小的麻雀
没有鸿鹄的志向抱负，

也没有寒号鸟的悲酸。
我只贪恋农家的谷粒草籽，
我只爱山村的暮霭炊烟。
别看那些稻草人把我驱赶，
我们却成了最好的玩伴。
作践了些庄稼，也吃了一些虫子，
是非功过任由人们褒贬。

我是一只灰不溜秋的鸟啊！
——活得真实自然。

我是一只小小的麻雀，
有过心灵的创伤，
也背负过历史的污点。
一场屠戮，一场围歼，
一场搞笑的弥天冤案。
顽强地存活下来，自信地繁衍，
忆起那一次灾难，
我会说，那是在昨天。

我是一只灰不溜秋的鸟啊！
——活得真实自然。

我是一只小小的麻雀，
只祈愿岁月静好，
只祈望又是丰年。
积雪融化了，天空一片蔚蓝。
我抖擞精神，
梳理好羽毛，
站上枝头轻声地呐喊——

我是一只灰不溜秋的快乐的鸟啊
——飞不太高，也跳不太远。
但我，天天感受到大地的温暖。

望海楼感怀

二〇二〇年四月

独自登临望海楼，思潮澎湃上心头。
鸥鸟带去乡关梦，海浪淘洗家国愁。
昔日先贤担道义，而今后辈写春秋。
涛声过后青天阔，再驾征帆万里游。

青岛行

二〇二〇年六月

天公偏作美，送我至岛城[1]。

滂沱大雨后，平明忽放晴。

蓝天飘白云，碧海送凉风。

花草绿冉冉，林木郁葱葱。

重游逾十载，尽是好风景。

海鸥迎风舞，栈桥人流涌。

漫步回澜阁，凭栏听潮声[2]。

美哉金沙滩，沙细水如镜。

快艇似飞梭，晚霞织彩虹。

五四广场壮，气势何恢宏。

草坪连海浪，卷起"五月风"[3]。

岛城多胜景，处处尽游兴。

忆旧八大关，祭祖天后宫。

寻味劈柴院，豪饮啤酒城。

凭虚御风去，崂山觅仙踪。

---

[1] 六月末乘东航客机赴连云港，突然遇暴雨，白塔埠机场不能降落，临时转停青岛。青岛一半在陆地，一半在海中，故别名岛城。

[2] 栈桥长 440 米，宽 8 米，建于 1892 年。尽头有座两层八角形的亭阁，名回澜阁。栈桥是青岛最早的人工军用码头。

[3] 五四广场因"五四运动"而得名，占地 10 公顷。"鲜红的导火索"为钢制大型雕塑。"五月的风"是青岛标志性景观。

自我好放飞，奥帆可追梦。

我来游岛城，开怀壮心胸

天风抚长琴，赋此《青岛行》[1]。

---

[1] 青岛别名"琴岛"，据《琴岛诗话》记载，其"山如琴，水如弦。清风徐来，波声铮铮如琴声"。

门外即景

——咏松

二〇二〇年九月

不在山崖上，挺立闹市中。
云带千古气，车展现代风。
枝干何遒劲，品格自峥嵘。
何人在穿越？时光太匆匆。

八十漫谈 [1]

二〇二〇年十月

一

吾已逾八旬，万事若云烟。
岁月逐水流，诗思随风散。
睡眼看绿树，冷面对青山。
苦坐常独语，不爱车马喧。
相较玩世者，情趣殊迥然。
抑或涉世深，实属城府浅。
时常抒胸臆，数日不成篇。
偶尔发浩气，着意枝叶间。
劲节费描摹，方知做人难。

二

我生战乱时，民族遭危难。
志士勇捐躯，生灵多涂炭。
微山湖两岸，灾荒逢凶年。
蝗群遮日月 [2]，洪水浪滔天。
百姓苦挣扎，啼饥又号寒。

---

[1]2020 年 10 月初稿于连云港四季花城；2021 年 3 月完稿于徐州。
[2] 我出生在 1941 年，正值抗日战争艰苦年代。20 世纪四五十年代微山湖地区常有蝗虫灾害。沛县也曾多次被洪水围城。

苦菜婆婆丁，麸皮拌榆钱。

童年尝艰辛，终生知勤俭。

吾根在乡土，情怀自有源。

一曲《大风歌》，豪气冲霄汉。

迈出龙飞地，会当气不凡。

三

悠悠运河水，南北一线牵。

贯通六省市，灌溉万顷田。

乡村有师范，育人之摇篮。

十六入运师，洪炉受冶炼。[1]

名师善点拨，吾亦知勤勉。

熟读唐宋诗，高诵"狂飙"篇。

豪放或婉约，现实或浪漫。

先贤做引导，激情被点燃。

观察多思索，随处得灵感。

嫩鸟初学唱，一鸣声婉转。

四

嘉木沉山坳，仅见一片天。

鸿鹄凌空起，一冲向高远。

吾生遇伯乐，前程步步宽。

大学苦发愤，志在红又专[2]。

放歌颂雷锋，引吭唱《接班》。

---

[1] 我16岁（1957年）考入江苏省运河师范学校。古典诗词之外，喜爱郭沫若、蒋光慈、闻一多、艾青、徐志摩、戴望舒等人的新诗，并在江苏文艺、《雨花》、《江苏青年报》等刊物上发表新诗作品。

[2] 我中师毕业得到范季同校长垂爱，被保送至徐州师范学院深造。1963年前后曾在《中国青年》杂志发表《你只有二十二岁》《接班人之歌》等作品。又得于从文院长赏识，1964年留校工作。此后曾任中文系主任十年。

春风荡神州，星光耀诗坛。

应因学而优，留校执教鞭。

晨昏勤耕耘，一去四十年。

处事守中庸，为人讲诚善。

主政中文系，谱写和谐篇。

五

倏忽秋霜降，惊见南飞雁。

吾亦随候鸟，流寓至岭南，

椰树拂海风，木棉红欲燃。

一片花世界，满眼簕杜鹃。

深圳乃热土，改革最前沿。

卷起现代风，举世皆惊叹。

吾在福田住，不为颐天年。

观海思如海，登山情满山。

新声叠旧韵，诗思似涌泉。

《新诗百年史》[1]，杀青终生愿。

六

国运逢昌平，家风得承传。

子孙知奋进，建树各斐然。

或为育人者，美誉满杏坛。

或为追梦者，开弓中三元[2]。

更有弄潮儿，商海扬风帆。

大起复大落，自尝苦与甜。

---

[1] 到深圳后写了不少新诗和古体诗。从 2008 年开始，历时 8 年，在拙著《中国新诗人论》《二十世纪中国诗歌论》的基础上，奋一己之力，完成了一部 60 余万字的《中国新诗百年史》。

[2] 孙女徐因之，英国爱丁堡大学硕士毕业后就职上海金融单位；徐雨萌暨南大学即将毕业。

吾家"老太君"[1]，贤德堪垂范。

一生勤操持，任劳又任怨。

愈老愈自立，体弱志弥坚。

八十何足论，风雨更向前。

---

[1] "老太君"，对夫人之戏称。

秋日彭园偶题
二〇二〇年十一月

其一

寒风呼啸近晚秋，黄叶飘零人白头。
雁声嘹唳南飞去，应带乡关一段愁。

其二

彭园久未至，林木何萧然。
一片芦花白，半湖荷叶残。
银杏金灿灿，霜枫红欲燃。
鸟鸣时断续，水流声潺潺。
亭榭在幽处，山路自盘旋。
且看晨练者，体魄何矫健。
吐故又纳新，彭祖展笑颜。
美哉风水地，彭园艳阳天。

辛丑散句

二〇二一年二月十二日（辛丑除夕）

鼠窜金牛至，会当好运来。
淑气融冰雪，晴光扫阴霾。
黄鸟婉转鸣，桃李次第开。
绿野铺锦绣，春风巧剪裁。
伟业布新局，河山重安排。
吾侪当奋进，无愧新时代。

自嘲诗

二〇二一年三月

昨日夜间，一枚牙齿悄然脱落口中，一时难眠，感慨良多，遂成打油诗一首。

吾已八十岁，尔方七十九。
为何不道别，说走便就走？
破房开天窗，危城添缺口。
门卫撤离后，岗位谁坚守？
静夜思绪起，五味杂心头。
吾生何庸碌，随波逐大流。
甘苦皆淡然，肥瘦无所求。
知尔功绩多，劳碌无报酬。
酸辛备尝之，冷热无怨尤。
切磋复磨砺，三餐忙不休。
终生侍奉我，冬夏又春秋。
今夜忽陨落，怎不生烦愁？
转而细思之，谁能一直牛？
盛衰乃常理，何物能不朽？
吾今逢盛世，老者多长寿。
莫道西风烈，红日正当头。

观李白《上阳台帖》
二〇二一年五月

《上阳台帖》是诗人李白仅存的一幅墨迹，被列入典藏国宝。

谪仙飘然至，醉意舞翩翩。
落笔携风雨，挥翰生云烟。
滚石堕险谷，蛟龙出深潭。
千载人赞叹，着意点捺间。

闻徐因之喜得蜗居遂赋短句以记之

二〇二一年十二月

魔都[1]繁华地，东方曜明珠。

久闻居不易[2]，何人能驻足？

天高鸟争飞，水阔鱼竞逐。

山幽藏瑰宝，林深育嘉木。

吾家大小姐，才能称杰出。

海归归上海，平步青云路

谁言栖无枝[3]，今日有蜗居。

室小情怀大，位卑底气足。

脸常乐哈哈，心甘忙碌碌。

旧舍换新颜，有人添画图[4]。

他日去上海，能饮一杯无[5]？

[1] 魔都，上海别名。二十世纪初，旅居上海的日本作家守松梢风著有畅销小说《魔都》，上海遂得此别名。

[2] 汉语成语"居大不易"，本来是唐代诗人顾况拿白居易的名字开玩笑。后指居住在大城市维持生活不容易。

[3] 化用曹操诗《短歌行》句：绕树三匝，何枝可依？

[4] 妹妹徐雨萌赴日读研前，为姐姐徐因之画了一幅图画，可悬之于室中。

[5] 引用白居易诗《问刘十九》：晚来天欲雪，能饮一杯无？

壬寅短句
二〇二二年元旦

丑牛踏雪去，寅虎呼啸来。
淑气融寒冰，晴光扫阴霾。
伟业布新局，神州添异彩。
初心永难忘，红歌唱不衰。
紧跟领航者，踔厉向未来。

花市行

二〇二二年二月

岁月倥偬过，花开又一年。
姹紫斗芳菲，嫣红争鲜妍。
百合姿婀娜，蝴蝶舞翩翩。
鸢尾静无语，杜鹃红欲燃。
沉默三色堇，喜庆星满天。
温暖康乃馨，隽永紫罗兰。
名花赏不尽，一步一流连。
百花竞烂漫，神州春满园。

送雨萌赴日本仙台东北大学读研

二〇二二年三月

薄寒销尽暖意生，春风徐徐雨蒙蒙。

逐日寻得青云路，奔月终圆樱花梦。

宜学笨鸟贵先飞，应知愚人须迅行 [1]。

纵有藤野先生在，苦练方成破壁功 [2]。

[1] 鲁迅先生笔名"鲁迅"，取"愚鲁之人要快跑"之意。在仙台医专读书时得到藤野先生的关爱。

[2] 周恩来青年时代赴日留学时的《无题》诗中有"面壁十年图破壁"之句。

墟沟樱花二首

二〇二二年四月

其一

又见繁花恣意开，游人追梦接踵来。
和风吹落樱花雨，欲与春光共徘徊。

其二

浅红淡粉如梦境，阵阵风来洒落英。
最是销魂云和路，墟沟三月胜东瀛。

伏天随想

二〇二二年七月

户外断行人，鸟静禅失声。

入伏真气闷，火烤复水蒸。

独坐斗室内，浮想如潮涌。

哀我地球村，祸患频发生。

疫情驱不散，俄乌硝烟浓。

奈良枪声起，举世皆震惊。

几处山火燃，烈焰通天红。

几处洪水来？稻谷半枯焦。

几处遭虫灾？蝗群蔽长空。

粮油告危机，物价节节升。

多少劳动者，挣扎苦难中。

看吾大中华，笑傲立苍穹。

神舟遨游去，航母破浪行[1]。

风景这边好，水绿又山青。

夏粮喜增收，菜蔬瓜果丰。

纵然酷暑至，百姓乐融融。

吾今享天年，万事放轻松。

心宽生惬意，气静得凉风。

三伏何所惧，自有避暑经。

情系西藏雪，心念北极冰。

默诵伟人词，雪飘又冰封。

---

[1]2022 年 6 月 5 日神舟十四号升空；6 月 17 日中国第三艘航母福建舰下水。

遥想登山者，挥汗攀珠峰。

浮想联翩起，顿感气力增。

三伏等闲过，吾乃不倒翁！

再返连云港四季花城

二〇二二年九月

因疫情困扰和琐事牵累，已经近一年未去四季花城居住。国庆前夕，恰值党的二十大临近，天朗气清，遂去连云港小住数日，并以小诗略记之。

身在樊笼里，心驰云天外。
今日回港城，直呼快矣哉。
秋风正劲后，万里净尘埃。
山前树蓊郁，海滨花如海。
小区敞开门，邻里乐开怀。
张姨赠糕饼，李姨送瓜菜。
谁家小泰迪？牵衣拱手拜。
打开门和窗，海风吹进来。
心中无纤尘，何处有青苔？
陋室满目新，吾亦不老迈。
回家如登仙，精神焕异彩。

连云港闲居杂诗

二〇二二年九月

一

四季花城胜公园，楼盘错落路蜿蜒。
几处清泉吐珠玉，一池碧水浮睡莲。
翠竹摇曳惊飞鸟，绿柳轻飏落鸣蝉。
窗前静坐读《史记》，半是书痴半是仙。

二

闲居无事不从容，晨练归来日头红。
路过菜市买些啥？三只青椒两根葱。

三

三餐节油又限盐，素鸡腐竹也解馋。
今天有道时兴菜，蚕豆木耳炒笋尖。

四

不向庸医求药方，粗茶淡饭保健康。
萝卜丝饼南瓜汤，顿顿吃得精打光。

海上云台口占

登上云顶最上头，海港连岛一望收。
悬桥轻摇若踏浪，仿佛御风去瀛洲。

游凰窝洞

泉水叮咚入深潭，山涧古洞气森然。
仰望头顶马面石，萧萧嘶鸣声回旋。

秋风辞

二〇二二年十月

就这样如期而至
每一次都以冷面相逢
言辞尖刻而犀利
刺入人的肌骨
搜索、扫荡、拉朽摧枯
席卷走一片片落叶
最恼人的是
你肆无忌惮的修改，
涂
抹
用冰冷的指爪抓起一把把严霜
染白了多少人的双鬓
你确曾带来过丰硕与充实
让人们采撷了无数的喜悦
你确曾绘制过斑斓的风景
让世界变得五彩纷呈
曾经有人唱——
……晴空一鹤排云上
……数树深红出浅黄
……一年一度秋风劲
……寥廓江天万里霜
从摇曳的兼葭

到滴雨的梧桐

一直唱到战地上的黄花

你穿行在一个复杂而诡谲的季节

从没有人能看清你真切的面容

走过河谷，你劝说山洪沉静下来

沉静成一道道澄澈的山泉

走过山林你和山核桃亲切絮语

给了它们一颗颗成熟的大脑

你把那些沉甸甸的稻谷

熔炼成金灿灿的珍珠

你把那些丰硕的瓜果

雕塑成精美的供品

你催促南飞的大雁快点儿去休憩

你为丰产后的大地铺一张冬床

去酝酿又一个梦幻的春天

秋啊——秋

你这甲骨文里的一只蟋蟀 [1]

在《诗经》中鸣叫了数千年

还将在一年又一年的习习的秋风里

传唱到永远

---

[1] 秋，在甲骨文里形如蟋蟀。

石老人辞

二〇二二年十月

就这样凝望了六千年

潮水将双眼打湿

海风又把他吹干

就这样蹲守了六千年

看着日出日落

看着月缺月圆

你坚毅、孤独地坐在海上

以手托腮，望眼欲穿

啊，一位慈祥的父亲

一个东方的"思想者"

一个中国的"老人与海"的故事

在这里世代流传

那不是"女儿礁"吗

涛声阵阵

有一个灵魂在呐喊

石老人的女儿冲出了龙宫

一路狂奔，一路呼唤

她的簪花散落成一片赭红的礁石

她定格在海上化作了礁盘

思念谁能囚禁

亲情岂可阻断

海天茫茫，鸥鸟盘旋
父女相望，任它到海枯石烂

而今天，就在今天
在轰鸣的雷声中
石老人骤然裂变。
你是压抑不住六千年的愤怒冲向了天庭
拼个粉身碎骨，无愧无憾
还是带着女儿踏破海浪
去了那农耕渔猎的世外桃源
而今天, 就在今天
你打开了我们胸中的心结
让我们思潮澎湃, 浮想联翩

石老人啊石老人
你让这座现代化的城市
更加传奇, 更加梦幻
石老人啊石老人
你永远在我们心中屹立
激励我们初心不变
勇毅向前

看《四海钓鱼》

二〇二二年十一月

电视节目《四海钓鱼》，饶有情趣。观赏之乐堪比垂钓之乐也。

问讯垂钓者，何处有鱼情？

四海水波碧，五湖山色青。

江南杏花雨，塞外芦荻风。

千里驱车去，出入画图中。

家乡有大鱼，中国多"黑坑"。

闻道有赛事，整装即出征。

呼朋且唤友，谈笑又风生。

人生多负累，难得一轻松。

甩开名和利，且做垂钓翁。

手牵一弯月，肩披满天星。

抛竿炫技艺，守钓显神功。

频换钩与饵，名师有真经。

专心无旁骛，渔获能不丰？

世间庸碌辈，渔利逐浮名。

观此当愧疚，幡然应自省。

再唱大风

——彭城九歌

二〇〇四年十二月

公元前 195 年秋，汉高祖刘邦荣归故里，置酒沛宫，酒酣即席作《大风歌》，歌曰：

大风起兮云飞扬，威加海内兮归故乡，安得猛士兮守四方！

今天，我家乡的人民，正以叱咤风云的精神，创造着前无古人的业绩。

目次

序歌　大风赋

风，

起于青蘋之末的风，
来自空穴幽谷的风，
那样地温柔，
那样地轻盈，
掠过林梢，
吹过田垄，
用灵巧的手指
把大地的琴弦抚弄。
时光静静地流泻，
人间一片肃穆与和平。

风，
从九天
呼啸而下的风，
从旷野
卷地而上的风，
摧枯拉朽，
山裂石坠，
横扫千里，
天摇地动，
携着滚滚的沙暴，
　　轰鸣的雷霆，
伴着翻腾的海潮，
　　狂怒的雪崩
为什么？
为什么一夜之间，
宇宙失去了主宰，
天地失去了平衡？

啊，

无风的世界
一片死寂，
有风的世界
万物荣兴！
看鸢飞鱼跃，
看孔雀开屏，
看雄鹰展翅，
看骏马奔腾，
风鼓航帆
　　　驶向苍茫的大海，
风送号子
　　　喊出胸中的豪情
风吹热雨
　　　洒遍寥廓的江天，
风舞旗帜
　　　绘出神奇的风景。

啊，
无风的世界
一片枯槁，
有风的世界
五彩纷呈。
看稻浪翻金，
看果林飞红，
看山原叠翠，
看牧场青青，风中
　　　我们筑起
　　　　　　入云的大厦，
风中
　　　我们铺就

飞天的彩虹，
风中
　　我们播种
　　　　希望的汗水，
风中
　　我们收获
　　　　成功的笑容。

风啊，
　　给了我们
　　　　严峻的考验，
风啊，
　　给了我们
　　　　无限的赤诚，
风啊，
给了我们
　　瑰丽的遐思，
风啊，
　　给了我们
　　　　不灭的激情。
我们的父老弟兄，
一代代在风中呼号，
　　在风中穿行，

用那一双双粗壮的大手，
将祖国的乾坤扭转，
将历史的车轮推动！

今朝啊，
长风吹彻了神州，

大江滚滚向东，

今朝啊，

狂飙席卷了淮海，

彭城春意正浓。

再饮一杯"沛公酒"吧，

只有这

　　　千古飘香的

　　　　　　美酒，

才能浇在

　　　我们心中

　　　　　　　　燃起烈火熊熊；

再唱一支《大风歌》吧，

只有在这

　　　浩浩荡荡的风中，

才配歌颂

　　　古往今来的英雄！

第一支歌　汉魂歌

一

这是一片

古老的土地

经受了风雨的扑打，

经受了岁月的洗礼

千百次地沉沦，

千百次地崛起，

无情地冲撞，艰难地堆积，

大自然锻铸了它闪光的胴体。

这是一片
神奇的土地，
龙飞凤鸣充满了灵气，
山丘屏列，冈岭四合，
平原坦荡，河网稠密。
这里曾经有
　　丰茂的林木，
虎啸猿啼，
鹿群嬉戏，
这里曾经有
　　原始的村落，
我们的祖先
耕牧渔猎，休养生息。

看一看古老的银杏树吧，
这是历史的见证，
"活的化石"，
它挺拔端庄的枝干，
高扬人文生命的旗帜。
披着千百年的
　　风霜雨露，
顶着千百年的
　　酷暑烈日，
这第四纪冰川
　　幸存的遗民啊，
执着地扎根在这片土地，
自信地繁衍着后裔。

看它那青白色的小花，
无声地开放在

早春的午夜，
悄悄地谢落在
　　星光隐去的晨曦，
看它那
　　白玉般圆润的果实，
淡淡的苦辛里，
藏着甘美与神秘。
公公白了须发，
孙子生了孙子，
银杏啊，
这生命旺盛的"公孙树"，
一代代同我们相伴相依。

它像一位
冷静的历史学家，
把人世沧桑浓缩的信息，
储存进坚硬的木质；
它又像一位
睿智的哲人，
把天空和大地审视，
笑看风起云飞。
每当秋风飒飒
吹拂金黄的叶片，
那是它
在翻动历史的书页，
那是它
在思索宇宙的哲理。

今天，我们穿行在
310 国道和老沂河畔

看一片片银杏林耸入云际，
啊，我的家乡是银杏之乡
我们正用
　　金黄和碧绿
续写历史！

二

看一看这些出土的墓葬吧，
大墩子彩陶，
花厅玉璧，
造型多么别致，
色彩多么绚丽，
盆罐、壶钵
——奏出时代的交响，
陶猪、陶狗
——谱写生活的诗意，
一根骨钏，
一段石斧，
都会带给我们无限的情思。
而那陶器上的植物花纹啊，
枝枝叶叶，
都有蓬勃的生机。

那时候啊，
原野荒芜而纷杂，
没有整洁宽敞的房舍，
没有绿格子似的田畦，
没有银光闪动的镰锄，
没有耕种翻土的耧犁，

但是春日里，
却有歌声不绝于耳，
歌声里，流着原始的欢乐，
歌声里，蒸腾着热汗的气息。
"坎坎伐檀兮——"
"坎坎伐辐兮——"
我看到笨重的大斧，
正高高地扬起！
小伙子们挥舞粗壮的臂膀，
号子声声，
汗水淋漓，
起伏的川原，
倾听着一呼一吸，
一斧一斧——
砍削去蛮昧的历史。

五色小花，
在风前摇曳，
牛舌头草，
肥硕嫩绿，
姑娘们群歌互答，
边采边唱，
撩起衣襟，
把歌声笑语
满满地兜起，

"采采芣苢，
采采芣苢，"
劳者之歌，
回响在

漫长的世纪。

三

风驰电掣，
斗转星移，
群雄争霸，
狼烟四起，
风送号角，旌旗猎猎。
鼙鼓声里，戈矛林立，
这挽弓射日的部族，
历经了夏、商、周，
山川险固的彭城啊，
成为兵家必争之地。

乱云飞渡，
龙蛇腾跃，
大风起兮，
猛士云集，
芒砀山泽义旗高举，
咸阳道上马蹄声疾，
九里山前血花飞溅，
乌江岸边浪高云低。
历史拉开了壮丽的一幕，
英雄创造了辉煌业绩。

看一看戏马台吧，
正值天高气爽，
秋风习习。
好一个西楚霸王，

身着盔甲，
按剑而立，
风云阁前，
笑看将士争强斗技。
烈马脱缰，仰天长嘶，
巨鹿大战力挫秦军，
霸王雄风，拔山盖世。
这青石浮雕，
展开了动人的画卷，
失败的英雄啊，
豪情不灭，名垂青史。

看一看拔剑泉吧，
碧波粼粼，
珠玉四溅，
泉水凛冽，
清澈见底。
这里的一草一木，
都仿佛在诉说
一个神奇的故事——
当年刘邦，
身陷重围，
濒临绝境
骤然间，
狂风大作，
沙尘蔽日，
突围逃脱，
人困马乏。
将士们唏嘘长叹，
又渴又饥，

刘邦举剑问天，
怒刺山石，
清泉喷涌，
振奋了士气。
丁塘山啊，
镌刻下古老的传说，
历史的浪花，
扑打着人们的心扉。

看一看兵马俑吧，
栩栩如生，
百态千姿，
兵士们
身着铠甲，头戴帽盔，
背负箭菔，手执兵器，
真个是
威武神俊，锐不可当，
士气高昂，军容整齐。
那一匹匹战马剽悍健壮，
战车上的将军气吞虹霓。
正是这一支军队，
席卷山河，决战千里，
奠定了汉家四百年的国基。

看一看歌风碑吧，
历经劫难，风雨剥蚀。
文字简劲，
镌刻下时代的风貌。
大笔大篆，
写出冲天的豪气。

我们仿佛看见，
刘邦在风中起舞，
慷慨激壮，
唱出自己的胸臆——
"大风起兮，
云飞扬；
安得猛士兮，
守四方！"
浓郁的酒香从小沛飘来，
沉醉了一部华夏历史，
浩荡的飓风从小沛刮起，
吹遍了万里神州大地。

四

大风起兮！
大风起兮！
飓风滚滚，所向披靡；
大风起兮！
大风起兮！
冬去春来，绿满天际。
大风中诞生
一个崭新的王朝，
大风中迎来
一个清明的盛世。

让我们走进汉画像石馆吧，
不要说这是冰冷粗劣的石壁
不要说这是两千年前的陈迹，
这里展览着

一个活生生的社会，
这里发掘出
一段有血有肉的历史。
声音、光波和色彩
在这里巧妙交织，
走进展室便会听到
一个时代的呼吸。

凤歌声声，
龙吟细细，
车马辚辚
在紫陌上疾驰，
贵族之家
出舆入辇，妄饮游猎，
钟鸣鼎食，生活侈靡，
看那投骰博弈的神情，
看那飞动摇曳的舞姿，
看那陵高履索的健儿，
看那背牛缚虎的力士，
我们在这历史的画廊中穿行，
浓郁的生活风情展露无遗。

布谷鸟在天空歌唱，
黄犬儿在田头嬉戏，
牛儿背着古老的犁鸢，
将黝黑黝黑的泥土翻起，
撒呀，撒呀，
勤快的双手，
撒下希望的种子，
耕夫的汗珠

化作了金黄的谷粒。

月亮在西天斜挂，
晓星在窗前消逝，
轧轧的织机声，
唤来了晨曦。
织妇的巧手
铺开了一天的云霓，
不停地劳作，
不懈地创造，
银犁和锦梭下
耕织出灿烂的世纪。

五

大风呼啸，
点燃了
一个民族的激情，
大风呼啸，
鼓荡着
一个民族的正气，
大风呼啸，
磨砺了
一个民族的筋骨，
大风呼啸，
召唤着
一个民族的崛起。

在风中，
我们看到了——

星的明灭，云的聚散；
在风中，
我们看到了——
兴衰存亡，岁月更替。
在风中，
我们辨认着——
迷茫的人生，
在风中，
我们领悟着——
宇宙的哲理。

我们一千次地
凝神冥想
我们一万次地
掩卷深思，
什么是
蓬蓬勃勃的
生命？
什么是
轰轰烈烈的
业绩？
什么是
不泯不灭的
信念？
什么是
不屈不挠的
意志？
究竟是什么
铸成了
中华民族的品格？

究竟是什么
融进了
中华民族的血液?

是一双双
勤劳的大手,
编织出
东方的文明。
是一颗颗
晶莹的汗珠,
浇灌出
人间的奇迹。
是千古奔腾的
黄河啊,
谱写了
中国的歌谣,
是磅礴云天的
汉魂啊,
高扬起
民族的旗帜!

劳动——创造——
开拓——进击——
我们世世代代,
登高临远,自强不息。
有了这雄魂壮魄,
我们会
攻关夺塞,所向披靡!
有了这一腔气血,
我们就有了

不竭的能源，永恒的动力！
发明了火药的民族啊，
有绽放不尽的
智慧的花朵；
掌握着罗盘的水手啊，
永远会劈波斩浪，
笑逐云飞！

第二支歌　　山水歌

一

我的祖国啊，
有千万座高山，
千万座高山，
有千万种容颜：
泰山雄伟，华山雄险，
黄山秀丽，庐山奇幻，
莽莽昆仑白雪皑皑，
巍巍珠峰直插霄汉……
攀不尽的悬崖峭壁，
望不尽的雾嶂烟峦，
探不尽的深谷幽洞，
听不尽的飞瀑流泉。
挥洒水墨，
纵情点染，
丹青妙笔，
绘不尽祖国的名山。

我的祖国啊，

有千万条水系，
交奏出千万种语言：
长江激越，黄河浩瀚，
漓江澄澈，珠江缠绵，
松花江和澜沧江
深情地对话，
黄浦江用一江灯火
把嘉陵江呼唤……
望不断
八百里洞庭
雪浪滚滚，
看不尽
三万顷太湖
波光闪闪，
望不断
白洋淀里
碧荷接天，
听不尽
鄱阳湖畔
渔舟唱晚。

鸣起鼓乐，
奏起管弦，
鼓乐管弦
把祖国的江河盛赞。

高耸的山岳，
是中国的脊骨；
鼓荡的河川，
是祖国的血管。

我脚下的这片热土啊，
同祖国
血脉相通，筋骨相连。
看吧，徐州的大地——
南屏江淮，
北扼齐鲁，
东临大海，
西接中原，
中运河南北纵贯，
故黄河东西斜穿，
果真是
壮美形胜
砺带河山。
山不在高，
水不在深，
这里的山山水水，
别有一番情韵，
这里的山山水水啊，
镌刻下闪光的诗篇。

二

蓝天明丽，
白云舒卷。
清风徐徐吹过山前，
九里山啊，
沉静而安闲，
不见了
断戈残戟，
熄灭了

烽火狼烟。
一代英雄的风采，
凝成了
辉煌的雕塑；
楚汉相争的故事，
写进了
历史的编年。

今天啊，
一个新区
是一个新的神话，
给你扑面的春风，
给你崭新的容颜。
吊塔的巨臂
挥写着
开拓者的激情，
处处车水马龙，生机盎然。
古战场遗址，
游人惊叹；
小龟山汉墓，
气势非凡；
汉城的歌舞
融入了新韵；
改革的浪潮
冲上了云天。
九里山啊，
笑看天地翻覆。
新一代徐州人意气风发，
正续写古城新篇。

龙腾虎跃，擎雷掣电，
云龙山啊，
林木葱郁，山势蜿蜒，
兴化寺石佛阖目微笑，
大士岩古柏绿荫参天。
走进放鹤亭情致旷远，
乘索道翻山身轻如燕。
快登上观景台吧，
美景收眼底，
好风来八面，
如画江山任指点！

难忘 1952 年的秋天，
金风送爽，秋菊争艳。
毛主席视察来到徐州，
健步登上了云龙山巅，
问那石佛何时雕刻，
又把乾隆题诗褒贬。
他环视徐州的山山水水，
看到四周还是荒山一片。
毛主席指示——
要发动群众上山栽树，
绿化荒山，
把穷山变为富山。
春风和煦
吹绿了徐州大地，
春雨如酥
滋润了千万人的心田。
银锹起舞，汗水洒落，
种上千万棵树苗，

播下绿色的心愿。
看今朝，
山山岭岭披上了春装，
我们的家乡啊，
展现出青春的容颜。

骏马长啸，
腾起云烟，
好一座马陵山啊，
有多少神奇的故事流传。
北起沂源，
南至宿迁，
八百里岗陵起伏犹如奔马，
古今的英雄啊，
马未停蹄，人未解鞍。

黄巢关上，
戈矛林立，义旗漫卷，
愤怒的农民举起了铁拳。
金斗关前，
巾帼英雄正擂动战鼓，
梁红玉的鼓声
使金兵胆寒。
生的呐喊，
血的鏖战，
白的枯骨，
红的火焰，
马陵山啊，
你是历史的活的证见。

让我们铭记住
1946 年的隆冬，陈毅元帅啊，
曾奔驰苏北，跃马峰山，
三仙洞里布下了罗网，
决战决胜，将两万敌人聚歼，
为了迎接新中国的日出，
他用朗朗的笑声扫除了黑暗。

今天啊，
我在峰山公园
瞻仰他的墨迹，
眼底又展开历史的画卷。
请问马陵山的
秋月、夜雨，
请问马陵山的
清溪、龙泉，
我们该如何
祭奠先烈前贤？
我们该如何
面对家乡的群山？
我们炎黄的子孙啊，
人人都应该有——
山的尊严
山的魄力
山的信念！

三

驾一叶扁舟，
划一只渔船，

或者，乘一艘快艇，
驰过徐州的水面，
把我们的万千情思，
融进这绮丽的画卷——

夕阳下的
云龙湖啊，
一片碎金；
朝霞里的
骆马湖啊，
万匹锦缎；
大运河迤逦而来啊，
是谁撒下的
一条银练：
微山湖啊，微山湖，
莫不是
天宫里的明镜
遗落到了人间。

看沂河、沭河、濉河、龙河，
像一条条银线，
编织起了南北的水网。
看徐洪河一脉贯通，
将三大水系串联。
翻水站、电灌站，
机器轰鸣，喷金泻玉，
分洪道、蓄水库，
绿水欢歌，碧波连天。
一方有水，八方受益，
"电灌农业"迅速发展，

"南水北调"活了一盘棋，
平原绿洲
胜似春雨江南。

啊，徐州，
你三百公里的河道上，
万艘船只日夜穿梭，
果真是"五州通衢"，令人赞叹。
我站在万寨港，
看运煤船排成了长龙，
四条自动化装卸线，
横跨三十万平方米的陆域和水面，
螺旋卸车机和装车机，
吞吐着日月，多装快运，
把汗水和笑语
洒落在"黄金水段"。
山西的优质煤炭
从这里驶过，
给华东市场
送来了不竭的能源。
看孟家沟港
货物荟萃，商品聚散，
迎来京、津、苏、沪，
送走陕、晋、豫、皖，
为过境的物资添上羽翼，
让潮水似的物流加速运转。

四

我从小生长在微山湖畔，

微山湖啊，

用它蘸满泥香的白藕，

喂养了我饥饿的童年。

我曾目睹湖水泛滥

淹没了一个个村庄；

我也曾看见飞蝗蔽日，

干旱的湖区一片烈焰。

芦花打制的"毛窝"啊，

温暖过我冻裂的双脚，

芦苇编织的粗席啊，

给了我多少甜美的梦幻。

小时候，

我曾在老槐树下

为母亲读《铁道游击队的故事》，

只知道微山湖里处处有"绿林好汉"。

后来，我读陈毅、郭影秋的诗词，

才明白微山湖是革命的摇篮。

翠叶盖下

曾闪动

警惕的眼睛，

芦苇丛中

曾喷出

复仇的火焰，

快船如箭

曾护送

少奇同志从湖上走过，

号角渔火

曾传递

多少消息

多少信念。

微山湖啊，
你就是徐州的"白洋淀"，
你像一颗璀璨的明珠，
闪耀在我们的胸前。
看今日的微山湖，
千顷碧荷，
万朵红莲，
银网起落，
"四鼻孔鲤鱼"正跃出水面。
金色的鲤鱼
年年给我们带来吉祥如意，
家乡的湖水啊，
像蜜一样甘甜。

忘不掉那意气风发的青春年华，
我几次来到骆马湖边，
在这里栉风沐雨，
参加劳动锻炼。
在这里也曾抱一颗红心，
当过工作队员。
往日的骆马湖啊，
满目砂礓，
一片荒滩。
春早
湖水同人畜
一齐消瘦。
秋来
几蓬衰草

一行断雁。
这里的人们
心中多愁，袋里少钱，
日子过得多么艰难，
原始的木犁，
拉不来神话里的金山，
贫瘠的土地和贫瘠的思想啊，
同他们紧紧地纠缠。

看今日的骆马湖，
半湖鹅鸭，
一天云锦，
湖区六畜兴旺，
人跃马欢。
名贵的银鱼，
远销日本、西欧，
青虾、河蟹
丰富了人们的晚餐。
骆马湖啊，骆马湖，
你的一湖碧水
浩浩荡荡
西调徐州，
给了城乡人民
生命的源泉。

五

我的徐州，
再不是什么"穷山恶水"
处处都是

山着春色
水带笑颜；
我的徐州，
再不是风沙遮日，
煤尘飞扬，
四季都有
艳阳普照
明月高悬。
徐州啊，徐州，
谁为你
一片河山重安排，
谁让你
碧水绕着青山转，
是谁的智慧谁的手啊，
把浓墨重彩巧渲染?

在共和国的第一个早春，
我看到新沂河工地一片喧腾，
70万民工日夜酣战，
顶风冒雪，
战胜流沙，
肩挑车运，
劈开嶂山，
新时代的愚公谱一曲壮歌，
为子孙后代造福千年。
洪峰低头，
烈马就范，
滔滔洪水沿着新沂河流入大海
徐淮人民用勤劳的双手，
战胜了百年洪患。

在"大跃进"的历史年代，
我曾看见邳县人民"战地斗天"，
粗朴的壁画
画出了浪漫的豪情，
扁担、铁锹
描绘着家乡的容颜。
你听，你听，
人们都在唱那支"新民歌"
诙谐的语言里
流淌出真诚的情感：
"小镢头，
　二斤半，
一挖挖到水晶殿，
龙王见了就打战，
就作揖，
就许愿，
缴水，缴水，
我照办！"
激情的岁月谁还怕玉皇、龙王，
人民群众用巨手主宰着河山，
修建水库，拦洪蓄水，
整顿堤防，排涝抗旱，
河道纵横织成了水网，
电力灌溉带来了丰年。

我永远忘不掉
不牢河上的治水模范，
我永远忘不掉
那一位老县长的名字：

李——清——溪——
三个字就是一条清泉。
他整日里头戴斗笠，高挽裤管，
奔走在水利工地的前沿。
是他从南京林学院引进了树种，
让"水杉过淮"，
在邳县的大地上扎根繁衍。
看今日，"邳州水杉甲天下"，
3000 亩水杉林绿荫参天，
忘不了前辈植树人啊，
是他们的心血
浇灌出锦绣山川。

在加速发展的世纪之交，
徐州又一次地覆天翻。
大沙河进一步治理，
徐洪河工程续建，
废黄河啊，咱给它重新打扮。
决策者的思绪
化作又一幅
新的蓝图，
市政府办公楼的灯光
把工地上的万盏灯火点燃。
推土机的轰鸣声中
新任市长正议论风生，
大堤的工棚里
市委书记正和工程人员
倾心交谈。
我们的党同人民
心心相印，血脉相连，

抢抓机遇
为徐州带来了巨变。

是我们用汗水
洗尽了历史的尘垢，
是我们用胆识
装点出崭新的河山，
奋力抹掉"穷山恶水"的劣谥，
还徐州一片蔚蓝。
让我们笑看
国画大师李可染
题写的"爱我家乡徐州"，
让我们笑看
白发苍苍的离休的老市长
挥笔写下的四个字：
"山——水——天——全"！

第三支歌　　田园歌

一

我们都是农人的后裔，
我们都是大地的子孙，
血管里旋流着
耕植着的血液，
话语里吐露出
浓重的乡音，
豆麦果蔬，
充实了我们的肌肤，
风霜雨露，

强健了我们的身心，
一方水土啊，
养育了一方人。

春天，
萌动的种子
给了我们希望的新绿，
秋天，
成熟的稻谷
给了我们丰收的欢欣，
树木的枝叶间，
有我们的一吸一呼，
河水的清影里，
有我们的一笑一颦。
我们就像那
飞翔在
旷野里的鸟，
死后
连羽毛都腐烂在
泥土里，
永远和这里的土地相亲。

结束了刀耕火种的年代，
跨越过啼饥号寒的酸辛，
在这一片黄土地上，
一代人留下一行脚印。
汗水、泪水、
苦水、血水，
洗刷着岁月的沙尘。
立国安邦，

以农为本，
在这片冲积平原上啊，
我们薪火相传，扎下了深根。

二

那年代
已经过去了很远，很远，
那情景
却依然很真，很真——

熙宁七年 (1077) 的春四月，
苏轼来徐州上任，
一路上，
麦苗青青，
惠风和畅，
田野里，
农夫甩动着响鞭，
流水弹奏着琴音。
真是"一点浩然气，
千里快哉风"啊，
新任知府敞开襟怀，
在马上沉吟：
"徐州为南北之襟要"，
百姓殷胜，
谷米丰赡，
民风朴淳，
要做一任好太守啊，
励精图治，
造福一方子民。

中秋节后的一个深夜
洪祸突然降临。
一瞬间，
浊浪滔滔，
迅雷滚滚，
黄河在澶州决了口，
汗漫千里，
一路向东南狂奔。
"——沙岸鸣瓮盎，
——雪浪浮鹏鲲"，
推进
推进
推进
浑黄的泗水啊，
一涨
再涨，
逼近
徐州的
东门。

百姓一片恐慌，
太守心急如焚，
富民争相出城避水，
四周的山头上，
挤满了逃灾的难民，
彭城告急！
彭城告急！
必须立即安定溃乱的人心。
请看苏太守大义凛然的身姿，

请听苏太守斩钉截铁的声音：
有我在，徐州城不会倾覆，
"坐观入市卷闾巷，
吏民走尽余王尊！"
(即使是徐州破城，
席卷了街巷，
哪怕是人都跑光，
只剩下我一人，
我也会以身填堤，
就像那汉代的太守王尊！)

劝阻富民出城，
调集民工上阵，
动员禁军抗洪，
军民万众一心，
誓同洪水一搏，
与老天一拼！
倾盆的暴雨
浇不灭
苦斗的热情。
呼啸的狂风
吹不动
鏖战的雄心。
看苏轼——
布衣草履，
亲荷畚锸，
结庐城上，
不入家门。
率先垂范的太守啊，
你是一支火把，

一面风旗
一颗用东方精神
锻铸的不屈不挠的灵魂。
有了你的
指挥若定的
坚毅的手势，
田园不会倾坍，
徐州不会陆沉！

开通清冷口，
把下游的河道疏浚，
加固外城墙，
挡住洪峰的入侵。
再筑一条 984 丈的长堤，
壮我虎胆，
定我民心。
一木一土啊，
情结着百姓；
一沙一石啊，
心系着黎民；
苏太守率领徐州人，
奏出了抗洪的捷音。

七十个风急浪高的夜晚，
七十个心潮起伏的晨昏，
你瘦，我瘦，他瘦，
太守也瘦了……
消瘦了的徐州人，
却陡长了精神！
七十天千钧一发的考验，

七十天出生入死的打拼，
你笑，我笑，他笑，
太守也笑了……
欢笑的田园上啊，
镌刻下我们的脚印。

又是一年秋风劲，
九月九日的菊花啊，
早开得五彩缤纷。
刚落成的黄楼上，
鼓乐弦歌
弹奏出喜庆的气氛，
苏轼写的一首《九日黄楼作》，
留下了千古的遗音：
"去年重阳不可说，
南城夜半千沤发。
水绕城下作雷鸣，
泥满城头飞雨滑。
黄花白酒无人问，
日暮归来洗靴袜。
岂知还复有今年，
把盏对花容一呷。"

人常说：
府台高千尺，
衙门似海深。
咱们的苏太守啊，
葛衣草履扣柴门，
"使君元是此中人"。
人常说：

一年清知府，
万两雪花银，
咱们的苏太守啊，
两袖清风卧石床，
彭城千载共仰尊！

三

花开花落，
送春迎春。
苏轼治水的故事，
是一段有韵的历史，
传唱到了如今。
我的多灾多难的徐州啊，
没有挽留住
苏轼离去的背影，
在他走后的日子里，
又经历了几多劫难
几度浮沉。

黄河像一条
狂暴的黄龙，
南迁，北徙，
左冲，右撞，
决口——决口——决口——
改道——改道——改道——
挟着轰鸣的雷霆，
留下滚滚的沙尘。
洪水像千头
凶残的狮子，

舞动指爪，
带着血痕，
践踏了一片片田园，
吞没了一个个村镇。

遥想当年
汉武帝曾面对黄河浩叹：
"吾谓河伯兮何不仁，
泛滥不止兮愁吾人！"
在前人无奈的表情里，
历史在不停地演进。
黄河流经徐州七百年啊，
沛城三迁，
古邳陆沉，
徐州城
几次遭受沙埋水浸，
千年繁盛，
化为废墟，
文物古迹，
荡然无存。
"洪水走廊"，
洪水洗劫了一切；
贫瘠的岁月，
人们忍受着清贫。
谁说这里的人不期盼啊，
期盼着——
春华秋实，
风调雨顺，
期盼着——
五谷丰登，

喜气盈门。
遥想那一尊镇河铁牛，
肌骨丰满健壮，
双目炯炯有神
它跪卧在黄河大堤，
度过了几多冬春。
静听过多少
暮鼓晨钟，
守候了多少
雨夜黄昏，
镇住肆虐的洪水，
守护着徐州的大门。
请听一位无名诗人的歌吟，
唱出了彭城人的心音：
"宁武门外水悠悠，
万里长堤卧古牛。
青草绕前难下口，
长鞭任打不回头。
风吹遍体无毛动，
雨润周身似汗流。
莫向函关跨老子，
国朝赖尔镇徐州。"
走出了铁牛镇水的时代，
改地回天靠的是伟大的人民。
今天啊，
我们铸一只更大的铁牛，
安放在迎春桥畔，
用毅力和信心
昭告后人：
脚踏实地，

奋力进取，

我们的田园，

定然会——

万顷锦绣，

四季如春！

四

穿越时空隧道，

跨过历史沧桑，

放眼望——

绿野无垠，

天地宽敞，

徐州的田园，

正谱写崭新的篇章。

百里赤地

覆盖着浓荫，

荒山秃岭

披上了绿装，

黄河故道

再不是风沙迷漫，

而是满眼树木葱郁，

花果飘香。

昔日的穷乡僻壤，

今日的平原绿洲，

千年的"洪水走廊"，

今日的商品粮仓。

请问那

五月的麦海，

请问那
八月的稻浪，
请问那
雪白的棉朵，
请问那
火红的高粱，
问那烟叶、问那甘薯，
问那白蒜、问那韭黄，
白果、板栗、山楂，
苔干、芦笋、牛蒡……
哪来的这么多
优良的品种?
哪来的这么高
喜人的产量?

让一粒麦子抢先发言，
谈一谈你如何更新换代，
孕育出今天的辉煌，
你的绿色的胚芽里，
有科研人员的多少心血和汗水，
多少次成功的喜悦，
在你的心中珍藏。
培育——试验——
示范——推广——
农业科技攀登一个又一个台阶，
三麦产量大面积均衡增长。

请"徐薯18"尽情畅谈
说一说你如何获得了
国家的最高奖项。

甘薯，
你一块喂养了徐州人
千百年的甘薯，
你贮存着
农科所同志们的
多少智慧？
甘薯，
一块沾满泥巴的
高智商的甘薯，
你土里土气的
大脑里
充满了多少
科技的含量？
在徐州的
"全国甘薯研究中心"，
我们听一位老专家
侃侃而谈。
从他舞动的手势里，
我们闻到了
甘薯的清香：
"民以食为天啊，
有了更多的粮食，
才能够国富民强。"

我在徐州的乡村间奔走，
真想把父老乡亲们一一地寻访，
问一问，
高效农业示范园里，
又有了什么动人的故事？
特种养殖专业大户，

又把什么新的项目开创？
省长来视察，
又带来了哪些新的理念？
县长来查看，
又把哪些优惠政策送到了心上？
我想问一问
究竟是谁
给了你们致富的
金色的钥匙？
究竟是什么
给田野带来了
绿色的希望？
我的笨嘴拙舌的
憨厚的农民兄弟啊，
这答案
就从你的嘴角的
笑意里溢出，
这答案
就在你粗壮的
腰臂间蕴藏。

我采访过一位
农学院毕业的
年轻的乡长，
他的话
洋溢着激情和力量：
家庭联产承包责任制，
是我们前进的车轮，
农业科技的推广，
给了我们飞腾的翅膀。

信息网络
是千里眼和顺风耳，
给了我们
决策的依据和胆量。
不断地调整农产品结构，
时刻瞄准国内外市场，
大抓特色农业，
强化地域优势，
牵动龙头，带动基地，发动硬仗，
农业改革的政策
是春风化雨啊，
播下智慧的种子，
理想之花就会开放！

我曾在
北京的王府井购物，
也曾在
深圳的深南大道上徜徉，
我欣喜地看到
徐州维维集团的
醒目广告，
做到了中国的
四面八方——
"维维豆奶，欢乐开怀！"
那无比亲切的声音啊，
使我祖国的早晨，
处处飘香；
而那"大地植物油"
像一滴滴清露
正坠落进大地

滴在我们的心上……
绿色食品、
绿色工程、
绿色行动，
我们正在
徐州绿色的大地上，
写一篇
春色葱茏的文章！

五

我们驱车驶向
丰县大沙河果园，
一路上
平畴万亩映入车窗，
一排排绿树
从眼前掠过，
每一片绿叶啊，
都在伴着鸟儿欢唱。
驶过一畦畦苗圃，
穿过一个个林场，
汽车犹如一只快艇，
遨游在无际无涯的
绿色的海洋，
在笑声中
我们驶进了
你静谧如梦的怀抱
——苏北大地上的林果之乡。

这里原本是

低产的农田和不毛之地，

四百万亩黄沙，

四百万亩荒凉，

黄河故道抛下一条"废河"，

留下了千古遗恨，

黄泛区的冲积土啊，

埋葬了几代人

生存的希望。

这里的夏季——

暴雨如注，暑热蒸腾，

这里的秋天——

日照强烈，天气晴朗，

这里的冬春——

低温漫长，利于林木休眠，

这里的土壤——

透水性好，适宜果树生长。

如何将这里的

自然条件

一一地分析，

谁来把这里的

前途出路

细细地设想，

只有新的时期

新一代的农民，

才会有

新的手笔

新的主张。

一九五八年的早春，

最让人难忘，

第一代的创业者，
来到了大沙河上，
搭起低矮的草棚，
垒起简陋的灶房，
睡的是地铺，
吃的是粗粮，
下定决心扎下根来
向荒丘宣战，
同风沙较量。

造一条防风林，
——筑一道绿色的围墙，
植万亩经济林
——愿它们长成栋梁，
铁臂抡起，汗珠落下，
银锹挥动，笑语飞扬，
当年种下一万亩果树，
激情燃烧的日子，
打一场"开门红"的胜仗。

莫再说"风起三尺沙"，
苦斗四十年，
大沙河呀变了样，
春三月——
梨花盛开白如雪，
桃林红云映霞光。
莫再说"秋来空叹息"，
心血结硕果，
丰收喜悦装满筐。
中秋近——

酥梨滴脆甜如蜜，

葡萄串串迎朝阳，

四十平方公里的沙滩上，

建成了果品新基地，

联通了国内外大市场。

而今啊，

富士苹果传佳话，

江南塞北齐颂扬，

优良品种

漂洋过海引进来，

枝繁叶茂

落户苏北新家乡。

看咱大沙河"红富士"，

车装船运走天下，

五洲共品尝——

给孩子的笑脸添红润，

给老人的病体增健康，

让家庭的欢乐多笑声

让朋友的聚会回味更久长……

从大沙河人的手掌中，

开辟出绿洲新天地，

从沉睡百年的沙窝里，

飞出了一只"金凤凰"！

我们驱车赶往

铜山县汉王，

正值五月的玫瑰盛开怒放，

一片片深红，

一片片雪白，

一片片米黄，
两万亩花田
装点出玫瑰的世界，
山山岭岭
汇成了花的海洋。
玫瑰，你这享誉中外的珍品，
为我们的生活
增添了多少色香。

我们驱车奔驰在
沂河、沭河沿岸，
高大的银杏树正换上秋装，
你看它卸去了
春的嫩绿，
夏的青葱，
正展示出高贵的金黄。
白果，这千年不衰的贡品啊，
为我们民族的生存
把它身心全部献上！
而那望不到边际的
板栗树和山楂林啊，
成熟的果实
压弯了枝头，
染红了山梁，
干果之乡啊，
有收获不尽的干果，
品味不尽的香甜，
给我们无限的情思和遐想。

车轮飞转，

听不完的田园新歌，

目接神游，

看不尽的四时风光，

我们的满载而归，

停泊在古彭广场。

今天啊，

田野的风吹绿了城市，

城市也在

绿色的梦里

亲吻着村庄。

这温馨的草地上

虽然没有成熟的果实，

那习习的凉风，

清泉般的空气，

却是人们

取之不尽的精神食粮。

你看——

离退休的老大爷

正安闲地散步，

表演队的老大妈

正舞动红绸

把腰鼓擂响，

牙牙学语的孩子

正脚步蹒跚

走近啄食的白鸽，

而那时聚时散

时起时落的

白鸽啊，

正用它们划出的

温馨的弧线，

书写着城市的
抒情的诗章。

此刻啊，
园艺博览会
正拉开帷幕，
斑斓缤纷的色彩，
勾画出瑰丽的向往，
绿色时代
人与自然协调发展，
生命之曲
奏出和谐的交响。
啊，园林化的城市，
都市化的村庄，
我的家乡
就像神话中的彩舟，
在绿波碧浪间远航。

第四支歌 火凤歌

一

神话中有这样的传说，
诗人们曾这样歌唱，
天方国有一种神鸟，
在中国称作"凤凰"。
凤凰是禽中的灵长，
凤凰是百鸟之王，
它在火中起舞，
在火中翱翔，

它在火中自焚，
在火中新生，
它在熊熊的烈火中，
获取了
富丽的羽毛，
华美的翅膀。

这凤凰啊，
寄托了一个民族的情思，
洋溢着一个民族的想象，
在我们生存的每一寸土地，
在我们心灵的每一片天空，
都期盼着龙飞凤舞
带来的幸福和吉祥。

在这古黄河畔，
在这帝王之乡，
也曾飞来过金色的凤凰，
它欢快地飞舞鸣叫，
它尽情地放声歌唱，
它唱红了一方热土，
它唱响了一代汉皇。

你看那一种
叫作"凤鸣塔"的美酒，
酿造出了
千古浓浓的乡情，
散发着
醉人的缕缕芳香。
你看那一座

矗立着"淮海战役纪念塔"的青山，
叫作"凤凰山"，
它便是火中展翅的凤凰。
为了告别黑暗，
迎接光明，
千吨火种，
万丈烈焰，
在它的胸中珍藏。

凤凰啊，
钟情于彭城的凤凰，
我们看见你
五千年来
不倦地扇动着翅膀。
采集香木，
啄出火星，
让希望的火种，
燃烧成火的海洋。

凤凰啊
热恋着徐州的凤凰，
是你给了我们激情与活力，
是你给了我们憧憬与理想。
开采自己，
燃烧自己，
为生我养我的土地
添热添光。

二

那是元丰元年（1078）的冬天，
徐州送走了浊浪滔天的洪水，
又经历了百年不遇的大旱，
夏秋无雨，
一冬无雪，
老百姓的日子异常艰难。
苏轼太守恪尽职守
劝农耕桑，
心中牵挂着
父老的衣食冷暖。

他派人踏遍山岭觅宝寻矿，
在白土镇发现了优质煤田，
他果断决策开发煤矿，
并写下了《石炭》这壮丽的诗篇——
"君不见前年雨雪行人断，
城中居民风裂骭。
湿薪半束抱衾裯，
日暮敲门无处换。
岂料山中有遗宝，
磊落如䃜万车炭。
流膏迸液无人知，
阵阵腥风自吹散。
根苗一发浩无际，
万人鼓舞千人看。
投泥泼水愈光明，
烁玉流金见精悍。
南山栗林渐可息，

北山顽矿何劳锻。
为君铸作百炼刀,
要斩长鲸为万段。
(难道你没有看见前年的冬天,
雨雪纷纷将行人阻断,
刺骨的北风冻裂了腿脚,
城中的百姓忍受着饥寒,
想抱一床棉被换回半捆湿柴,
日落黄昏找谁去换?
又有谁能料想到,
咱徐州山中藏着珍宝,
那闪闪发光的黑色宝石,
是千车万车的煤炭,
任凭风吹雨打遍地流失,
没有人把它放在心间。
一旦开采
真是无边无际啊,
千万人欢欣鼓舞争着观看,
掺上泥土,泼上清水,光泽更加夺目,
好像闪烁的美玉、流动的乌金,
精美的质地令人惊叹。
再不必砍伐栗林烧制木炭,
也不愁燃火把铁矿冶炼,
为将士们锻铸出锋利的宝刀,
把那些凶悍的寇贼碎尸万段!)
白土镇响起了拉煤的号子,
利国驿燃烧起熊熊的烈焰。
乌龙起舞,
火凤翱翔,
是苏轼远瞩高瞻,

揭开了徐州矿产史的新篇。

三

在那天地之初，
在那洪荒远古，
这里曾是苍茫的林海，
处处是挺拔的生命，
参天的林木。
绿色的风，
绿色的雨，
阳光和土地，
哺育出绿色的旺族。
百鸟为春天争鸣，
群兽为生命欢呼，
原始与自然，
弹奏出和谐的音符。

顷刻之间，
惊雷震怒，
烈火奔突，
风云变色，
天地翻覆。
该崛起的崛起，
该沉没的沉没，
大自然的法则，
是如此的严酷。
森林的海洋呀，
变成了冷峻的山谷，
健壮的生命呀，

遭受了血腥的屠戮。

经历了千万年岁月的锻压
忍受了千万年埋没的屈辱，
煤啊，树的不屈的魂魄，
煤啊，树的铮铮铁骨，
你渴望着
释放激情，熊熊燃烧，
你期盼着
重见天日，破土而出！

这里有一彪神奇的人马，
这里有一支骁勇的队伍，
挖掘火种，
奉献光热，
挥汗如雨，
战斗在地球深处。

告别了手锤背篓的年代，
经历了跳面爬垄的艰苦，
他们是为人间窃火的
普罗米修斯，
他们是披肝沥胆
追逐太阳的夸父。
是矿工的脊梁，
托起了
共和国的大厦；
是矿灯下的青春，
点燃了
现代化的火炬。

我们忘不了
那一个个"矿山铁人",
五十年代、六十年代的劳模,
是他们熬红了眼睛,
跌断了肋骨,
让滚滚的乌金,
潮水般地流出。

我们应记住
那一位"突击队长",
年轻的截煤机手,
"地球转一圈,
他转一圈半。"
不断地进击,
超负荷运转,
他用忠贞和爱情,
一次次刷新煤巷月进的纪录。

我们抚摩着
这份优秀矿工的花名册,
仿佛看见了
矿灯下绽放出来的
灿烂的笑容,
仿佛听见了
那宽阔的胸膛中
倾吐出来的一吸一呼。
我们翻阅这一部沉甸甸的矿史,
耳畔喧沸着
经久不息的煤海声浪,

心头擂奏起
振奋人心的矿山锣鼓。
在共和国的丰碑上，
该怎样为这些
平凡的劳动者立传？
在"非常可乐"的广告后，
该怎样去讲述
他们今日的忧患和愁苦？
最好还是
蘸着他们的汗水和泪花，
秉笔直书！

今天的矿山
到处谈论着一个话题
哪里才有煤炭工人的出路？
破产、倒闭，扭亏、复苏……
市场经济不会顾念昔日的功劳和荣誉，
谁抓住了机遇，
谁才会跟上时代的步履！

看啊，
在荒草森森的微山湖畔，
在被人遗忘的西北一隅，
江苏的最后一块煤田，
拉开了生龙活虎的一幕：
机器轰鸣，
天轮飞转，
乌金美玉正倾泻如瀑，
"天能人"果断决策，
逆水行舟，

用掌握乾坤的大手，
开创了新的格局。
老树能绽出新枝，
火凤会翩翩起舞，
煤矿工人有一句
不变的豪言壮语：
"我是煤，我要燃烧，
我要用胸中的一腔火红，
换来祖国的新绿！"

四

历史会记住
一九七五年的早春，
料峭的寒风
扑打着国门，
积雪还没有融化，
冰河还没有解冻，
地下已隐隐传来
春雷的声音。

在群雄逐鹿的
古战场上，
在众水汇流的
运河之滨，
聚集来一支电力大军，
衣襟上沾着
南疆的浪花，
肩头上披着
北国的沙尘，

转战千里,
会师淮海,
要在苏北
兴建第一座
大型火电厂,
要用创造神话的双手,
放飞一只
金色的凤凰,
托起红日一轮!

隆隆的开山炮,
震撼了荒山野岭,
飘展的三角旗,
亲吻着蓝天白云,
喷薄的激情
是催春的夜雨,
把心中宏伟的蓝图
演绎得五彩缤纷。

三千六百五十个披星戴月的夜晚,
三千六百五十个风餐露宿的清晨,
八台机组建成投产,
创业的欢乐和艰辛,
洗礼了雄姿英发的徐电人!
治理整顿,
争创一流,
自加压力,
负重奋进。
今天啊,
一座一百四十万千瓦的电厂,

巍然屹立，
一颗璀璨的淮海明珠，
把千万双赞赏的目光牵引。

这里绿树掩映
碧草如茵，
蓝白相衬的主厂房，
透露出沉静与温馨，
这里喷泉送爽
花香阵阵，
充满现代气息的雕塑，
给人们带来昂扬与信心。

你看那厂旗标志上
橘红的太阳
正释放无穷的热能，
电机欢唱，
炉火正红，
光明和温暖
正辐射着辽远的城市和乡村。

你看那《职工文学作品集》里，
激情的诗句
燃烧成了无边的火海，
而在"星光灿烂"综艺晚会上，
一首气势磅礴的诗朗诵，
掀起了人们
心中不息的潮汛——
"翻开鸡形的版图
我看到一个电力的中国

光彩四溢的中国

立在麦穗齿轮之间

我的梦

在那里生长——

我看到银线的光环里

乐曲和笑声在深处扩散

我立在电的旗帜下

感受铁质和热流

在土地和河流的潮汐中

你的律动

给每一个朴素的日子

以上升的翅膀

屋檐下

我知道你鲜亮的三原色

雨水般

淋透了整个中国——

我们在日月之间忙碌

在山川之间

种植太阳

为了让每一种咀嚼

都尝到甘美和亮色

我站在城市和乡村的肩上

听着机器和植物被你唤醒

我的母亲走出昏暗

在祥和的天空下

高举起稻麦的清香

中国电力

你洗涤着灰色和贫困

给古老土地

给你的人民

以血色和荣光……"[1]
这是一个青年诗人的情怀,
这是千百万电业工人的心音,
随着他们高扬的手臂,
我看到有无数只凤凰飞起,
飞舞成火树银花,
飞舞成漫天流云!

第五支歌　军威歌

一

经历了戈与矛的撞击,
经历了血与火的较量,
这一片河山
锻铸得坚固如钢,
这里的人民
锤炼得剽悍顽强,
"九里山下摆战场,
牧童拾得旧刀枪",
这古老的歌谣啊,
曾经一代代传唱。

已经去得很远了,
那烽火狼烟的年代,
大浪淘尽了
几多的王侯将相,
"登高发慷慨,远色正苍苍",
遥想那,

[1] 殊岸:《中国电力》,引自《淮海明珠——徐州发电厂职工文学作品集》。

兵马呼啸竞雄风，
拔木扬沙声威壮。

龙争虎斗写春秋，
功过是非费评章，
风云变色山河在，
人间正道是沧桑；
今日淮海花烂漫，
烈士鲜血染春光，
今日淮海耸丰碑，
千秋万代共瞻仰。

二

这里的硝烟
永不会消散，
大厅里回荡着
冲天的呐喊，
外面的世界繁花似锦，
这里却展览着
一个庄严的冬天——
车轮滚滚
驰过冰封的原野，
马蹄声声
踏碎冬夜的严寒，
火光熊熊
映红破败的村舍
炮声隆隆
震撼千万人的心田，
八百里淮海

是一个巨大的棋盘，
红白相搏，
正进行一场生死决战。

看——
那不是小李家吗？
淮北普通农村，
小小庭院，
前总委的
五位首长正彻夜不眠。
他们谈笑风生，
把蠢猪般的敌人
圈进火网，
他们指挥若定，
用毛泽东思想
逐鹿中原，
一个个
冷月西沉的黎明，
一个个
风雪扑窗的夜晚，
是他们
在地图上圈圈点点，
用彩笔描绘出
淮海大地的春天。

看——
那不是碾庄圩吗？
一条冰河横在面前，
兼程行军十万火急，
追击敌人刻不容缓，

跳下去,
用血肉之躯
筑起铁的桥墩,
扛起来,
用肩头的门板
铺出一条路面,
让战友们
擎着霹雳
大踏步地跑过,
去全歼敌人,
迎接新中国的明天,
呵,
人桥精神
谱写出一曲凯歌,
鼓舞人们
排除万难,一往无前。

看——
那不是双堆集吗?
一片火海,
滚滚浓烟,
黄维兵团成了瓮中之鳖,
汽车阵挡不住飞来的铁拳,
一条条壕沟
挖进了敌人的心脏,
闪光的刺刀
吓破了敌人的肝胆,
短兵交刃,
血花飞溅,
杀它一个人仰马翻,

我们用正义
宣判反动派的死刑，
我们用双手
扼断敌人的喉管。

看——
那不是陈官庄吗？
旷野里晃动着点点白幡，
我军发起了强大的政治攻势
日暮途穷的敌军，
人心涣散，
缴械吧——
投降吧——
寒夜里传过深情的呼唤，
总攻的号声
在黎明时响起
狂飙万里把残云席卷，
淮海大地
响起欢庆胜利的锣鼓，
旭日喷薄
映红了壮丽的山川。

走进淮海战役纪念馆，
一个冬天的神话
展现在眼前，
读着这一份份电报，
激起心头的浪花，
捡起这一张张传单，
听到了生命的呐喊。
看到这一辆辆独轮车，

忆起了沂蒙山的风雪。
凝视这一根根竹竿，
铭记住支前者的艰难。
拨亮这一盏油灯吧，
灯光里闪动着
赶做军鞋的大嫂的笑脸。
挥动这一支船桨吧，
桨声里诉说着
护送军队的老人的勇敢。
捧起这一抔泥土吧，
它里面渗透了爆破英雄的鲜血。
抚摸这一段砖墙吧，
它累累的弹痕
写下了决战决胜的诗篇……

走进淮海战役纪念馆，
我们打开了一部革命的画卷，
让感情受一次陶冶，
让思想受一次震撼，
让灵魂受一次洗礼，
让人格受一次锤炼，
这里有
先辈留下的
永恒的财富，
嘱托我们
千秋秉承
万代相传。
这里有
历史积淀下的
不竭的能源，

激励我们
永远高扬
人生的风帆！

三

最难忘
一九四八年的冬天，
北风呼啸，
阴云低旋，
红色狂飙
扫荡着大半个中国，
百万雄师挺进淮海平原。

抢占运河桥，
切断陇海线，
黄百韬在碾庄成了瓮中之鳖，
解放大军的铁手，
扼住了敌人的喉管。

有个村子叫作"大张庄"，
它坐落在碾庄圩的西南，
庄上龟缩着国民党四十四军，
垂死挣扎，布下了严密的防线，
荆棘、鹿砦、一道道电网，
暗堡里机枪喷吐着烈焰。

绝不让敌人负隅顽抗，
绝不让蒋家王朝苟延残喘，
我华野六纵队

势如破竹，所向披靡，
你看，那英雄突击连，
冒着炮火，扑向前沿。
"炸开突破口，
拿下大张庄！"
每一个人的心中
都在奋力地呐喊，
赵连长指挥着全连战士，
同敌人展开了激烈的搏战。

第一个爆破手倒下了，
第二个又不幸半途中弹，
面对着顽抗的敌人，
怎么办？怎么办？
时间一分一秒不容拖延！

火海要闯，
刀山敢攀，
为大部队开路
为解放全中国开路！
总前委首长的指示
震响在战士的心坎。

"让我去！"
人民战士张树才，
抱起四十斤重的炸药包，
爬到赵连长面前，
"让我去！"
张树才入伍还不满一年，
攻济南，带病炸飞了敌人的暗堡；

打潍县，奋勇当先把红旗插上制高点。

此刻，他掏出未写完的入党报告，
"批准我去吧，连长，
让党再一次对我考验！"
此刻，他将嘴唇咬得紧紧，
那一张黑黑的稚气的脸上，
写满了必胜的信念。

赵连长深情地命令机枪掩护
战友们扔出了成排的手榴弹，
烟雾腾起，张树才像离弦的快箭，
他一会儿跃出几米，
一会儿匍匐向前，
争分夺秒，为总攻赢得时间。

任耳边机枪狂叫，
他仿佛听到了——
进军的号声，冲锋的呐喊；
任眼前硝烟弥漫，火光冲天，
他仿佛看到了——
捷报纷飞，红旗漫卷！

离敌堡只有十米了，
突然，号叫着跳出三个匪兵，
挡住张树才的去路，拉响枪栓，
人民的战士无所畏惧，
张树才毅然拉着了导火索
嗤嗤的火苗吓得三个匪兵抱头鼠窜。

张树才抱紧炸药冲向敌人，
通身闪着红光，两眼喷着火焰，
张树才高呼口号扑向碉堡，
擎着霹雳，挟着雷电；
大地轰鸣，山河呼唤，
敌人的暗堡炸飞了，
我军似怒涛把大张庄席卷！

谁说张树才已经倒下？
他的红心在千万人的胸中跳荡，
他的热血在战士们的身上回旋：
谁说张树才已经长眠？
只待新的战斗打响，
他又会跃出战壕，冲锋在前！

纵队首长下达了进军命令，
"打进碾庄圩，消灭黄百韬！"
英雄墓前举起了千万只铁拳，
大部队马上要投入战斗，
该用什么表示对战友的怀念？
该用什么表达出战士的情感？

赵连长找来一棵白杨树，
噙着泪花，扒开冻土，
栽到张树才的墓前。
白杨树长啊，长啊，
长成了参天大树，
它像英雄不屈的身影，
永远矗立在淮海大地，
矗立在后辈人的心间。

四

淮海战役纪念馆里故事很多很多，
英雄的事迹彪炳史册，
每一天人们
从这里涌进涌出，
时光犹如
川流不息的江河，
后浪追逐着前波，
又有多少
催人泪下的场景，
会留给我们
永恒的记忆、
悠长的思索。

那是在淮海战役
五十周年的日子，
一位来自
福建霞浦的老将军
给观众上了生动的一课。
他久久地伫立在
蓝阿嫩烈士的遗像前，
热泪在胸前
滚滚洒落
他深情地讲述着烈士的事迹
那抑扬顿挫的语调，
轻轻地拍击着人们的心窝——

终于看到你了，阿嫩哥！

想不到咱们一别
竟这样长的岁月，
五十次花开花谢，
无数回潮涨潮落，
霞浦的朝云暮霞
都在思念你啊，
闽东的一草一木
都情深意切，
至今老爷爷
还在向小孙儿讲述啊，
讲着那"红军会飞"的传说。

小时候，
咱们在一个山坡上放羊，
披着布片，打着赤脚，
一杆羊鞭
摇走了悲惨的童年，
一条小溪
流着泪水浊波。
后来咱们一起
参加了红色游击队，
在山林里，
围着同一堆篝火，
手中的梭镖
连着井冈山的红缨，
要用这一双双大手
埋葬一个罪恶的旧世界。
怎能忘记
那一次反"围剿"啊，
黎明前的战斗多么激烈，

漫山遍野的白匪都在狂吠，

游击队面前

横着一条

湍急的大河——

呼啸的子弹，

正穿进竹林

怎么办？怎么办？

情况十分紧迫！

阿嫩哥啊，

你机警地撑起一根竹竿，

纵身一跃，

把眼前的困境摆脱。

一群雄鹰啊，

飞过了山崖，

一河波浪啊，

化成了云朵，

愚蠢的白匪，

捡到了几只草鞋

竟胡说"游击队已经统统消灭"。

第二天夜里，

咱们端了敌人的老巢，

又在河边唱起了

《三大纪律 八项注意》歌，

闽东的乡亲，

都在传说"红军会飞"啊，

像那神话中的金鸟，

翅膀下藏着烈火！

你跟着大部队打出了福建，

在烟波火浪里转战南北，
皖中、皖东
闪过你英武矫健的身影，
苏南、苏北
你度过戎马倥偬的岁月。
南来的大雁啊，
多少次送来
你立功的喜讯，
北去的白云啊，
多少次捎去
乡亲们的嘱托。
那些日子
霞浦的每一朵浪花都在欢笑啊，
阿嫩哥显示了福建儿女的本色。

怎能忘记一九四八年的冬天，
毛主席在西柏坡做出了伟大的决策，
百万雄师
擎雷挟电
进军淮海，
你的一封来信充满了喜悦。
你说：一个光明的中国
即将诞生，
长夜就要破晓，
东方露出了曙色
战友们捧读着你的来信啊，
胸中潮水翻腾，红日喷薄。

我仿佛看见你
率领部队日夜疾驰，

涉过条条冰河，

踏过茫茫雪野，

把一批批蠢猪般的敌人，

赶进了地网天罗。

我仿佛看见你

率领突击营

直捣敌人的军部，

呐喊声中

同匪兵展开了肉搏，

窑湾战斗威震淮海啊，

阿嫩哥，你们的功绩永垂史册！

谁又能想到，

你会在黎明时倒下，

你倒下时，

手表停在了五点一刻，

就是为了迎接

新中国瑰丽的清晨啊，

你在淮海大地

献出了一腔热血。

谁又能相信

你的心脏停止了跳动，

你倒下时，

手中的驳壳枪

还灼热灼热，

我知道，

那呼啸的子弹

伴着你的声声呐喊，

融进了

埋葬蒋家王朝的炮火！

怎能忘记
淮海战役纪念馆落成的日子，
霞浦人民的心中，
又一次掀起万顷洪波，
你讨饭的竹篮，
放羊的短鞭，
怎不引起乡亲们深深的怀念。
你挎过的步枪，
用过的竹竿，
怎不使老战友们肝动肠热。
一件件遗物，
送给淮海人民，
让子孙万代
仰慕烈士的高风亮节。

挺立的山石啊，
笑对浪拍潮打，
挺拔的青松啊，
傲视风霜雨雪，
从血火中走过来的革命战士啊，
经得住风簸浪颠，千锤百折。

怎能忘记一九七六年的清明，
松枝上缀满白花和残雪，
我冒着料峭的春寒，
来到了淮海，
阿嫩哥啊，
我有多少话要向你诉说，
巍峨的纪念塔默然肃立。

终于看到你了，阿嫩哥，
在这桃李绽放的春天，
在这草长莺飞的三月，
我看你来了。
你还是那样年轻，
目光炯炯，剑眉高耸，
你还是那样英俊，
嘴角挂着永恒的笑窝，
也许是咱们分别得太久太久，
今朝相见，
登时竟无语噎咽。
你跟我回去吧，
回到福建，回到霞浦，
回到你跃过的河畔，
翻过的山坡。
你回去看一看，
高耸的烟囱，碧绿的秧苗。
你回去听一听
那满港号子，一海渔歌。
不啊，我知道你
不能离开这英雄的土地，
咱们都深深地懂得
革命者的职责。
你要同这纪念塔一起，
永远屹立在凤凰山麓，
就像战士守卫在
南疆海防，北国哨所。

终于看到你了，阿嫩哥，
我们相会

在这幸福的时刻，
战友重逢，
人也突然变得年轻，
扑面春风
吹去了我满头白雪，
咱们都是"会飞的红军"啊，
苍鹰的翅膀永不停歇。
只要咱们
世代发扬"长征精神"，
前面的千山万水，
一定能展翅飞越！

五

纪念馆里
是生死决斗的战场，
纪念馆外，
一片灿烂的阳光。
苍松翠柏
生意葱茏，
月季玫瑰
吐着幽香，
歌舞彩绸
将纪念馆
幸福地托起，
鼓乐管弦
弹奏出老百姓
心头的欢畅，
每个清晨，
每个黄昏，

这里都是那样的和平安详。
你看那栅栏外
车水马龙，人流如潮，
音、色、光、波，
正合奏出时代的乐章。
一个现代化的历史名城
在千年兵燹后新生，
一座闻名遐迩的"双拥城"，
矗立在祖国的东方。

这里的军旗
亲吻着蓝天，
这里的军号
清脆嘹亮，
这里的军歌
雄壮豪迈，
这里的军人
英姿飒爽。
徐洪河的工地上，
有他们粗犷的号子，
抗洪第一线，
有他们筑起的人墙，
抢险前沿
有他们矫健的身影，
车站码头，
有他们火热的衷肠。
民兵演习，
他们都是活着的雷锋，
大学军训，他们树立了
新时代军人的形象……

最难忘一九六五年七月十四日，
一声轰鸣把邳州大地震荡。
举国向这里注目，
全民向这里张望：
一个二十三岁的战士
在那千钧一发的瞬间
扑向了炸点，
用他年轻的生命，
避免了十二名民兵的伤亡。
郁郁松柏树，
滔滔运河浪，
"一不怕苦，二不怕死"的王杰精神，
伴随着一代人成长。
王杰的枪我们扛，
王杰的歌我们唱。
而今啊，
王杰学校，王杰医院，
王杰车站，王杰商场……
王杰的名字啊，响彻了城乡。
他为人民的利益粉身碎骨，
人民的心中
永远矗立着他的肖像。

最难忘一九九八年特大洪水，
军民同心奏出了雄伟的乐章
有一个激动人心的小小插曲，
在人们的赞叹声中传扬：
一名退伍的徐州籍的战士，
刚刚脱下身上的军装，

当他听到

长江遇险，武汉告急，

连夜赶回部队，

出现在江防线上。

在齐腰的江水中，

他和战友们，

用血肉之躯，

筑成"一道摧不垮的长城"。

在疾雨狂浪里，

他驾驶着四十八马力的冲锋舟，

一次次救出被围困的老乡。

肆虐的洪峰

把他冲走了十公里，

他抓住一棵梧桐树，

同死神顽强地较量，

当他神话般地回到战友们的身旁，

仍然牵挂着

孩子们的安全，

老人们的健康。

他脱下军装还是一个兵，

不论何时何地

都把人民的利益放在心上。

军爱民的故事有口皆碑，

民拥军的故事情深意长。

在一次"八一"军民联欢会上

一支《子弟兵母亲之歌》，

唱得群情激昂——

"你来自硝烟弥漫的淮海战场，

两鬓染上了岁月的银霜，

五十年的风雨痴心不变，
半个世纪怀着热情满腔
你挥洒汗水把绿树浇灌，
你倾注心血把我们培养，
你平凡的人生是一座丰碑，
巍峨挺拔耸立在亿万人的心上。
啊，伟大的女性——子弟兵的母亲，
我们牢记你的嘱托，
用胸膛筑起祖国的长城，
用双手托起明天的太阳！

你走在碧波荡漾的大运河旁，
迎来了日出送走了月亮，
你的足迹布满大江南北
你的慈爱洒向边关海疆
你日日夜夜把儿女牵挂
你含辛茹苦把我们抚养，
你动人的事迹传遍了神州，
春风花雨温暖着亿万人的心房。

啊，伟大的女性——子弟兵的母亲，
我们牢记你的嘱托，
用胸膛筑起祖国的长城，
用双手托起明天的太阳！"

这一支深情的歌曲，
唱给一位普通的母亲——庄印芳，
庄妈妈立志拥军一百年，拥军一百万，
心想着战士，情系着营房，
每一支牙膏，每一条毛巾，

每一台电脑，每一套音响，
都将她的爱珍藏。
在庄妈妈的带领下，
淮海大地涌现了多少
痴心不改的拥军模范，
军民共建，
谱写出壮丽的篇章！

第六支歌　健儿歌

一

我的祖国
有美丽丰饶的土地，
这土地上
溢彩叠翠，
充满了蓬勃的生机。
我的祖国
有万古长青的河山，
这河山上龙飞凤舞，
上演了五千年的正剧。
当又一个千禧之年来临
龙的传人
歌一曲《龙年赋》
用深情的歌声
抒唱自己的胸臆——

千种灵异，
百般神奇，
千姿百态

展示着你的威仪，
风中呼啸，
云里腾飞，
风云变幻
尽显出你的勇毅，
中国龙啊，中国龙，
亘古以来，
你活在中国人的心里。

你不仅仅是
汨罗江中
竞渡的彩舟，
你不仅仅是
祖母手里
精美的剪纸，
也不只是
京剧舞台上
绚丽的服饰，
不只是
画栋、雕栏、
冰冷的石壁——
你是有血有肉
活灵活现的
中国龙，
你腾挪的指爪
飞动的银须，
使我们的心灵
世世代代为之悸动，
你炯炯目光
喷射出来的火焰，

点燃了
一个民族的
豪情与活力!

日月经天,江河行地,
你——中国龙啊,
从炙热的黄土地上
腾空而起,
扫荡原始与蒙昧,
挣脱因袭与封闭,
携九天春雷,
倾万斛甘霖,
滋润了
饥渴的田野,
干涸的历史。

中国龙舞起来,
要舞,
便舞成奔腾的长江,
冲开夔门,
风涛万里,
汇千条河川,
纳万支水系,
一路高歌向大海,
脉管里
鼓荡着
沸腾的血液。
中国龙舞起来,
要舞,
便舞成蜿蜒的长城,

一片苍茫，
横空出世，
挽千座关山，
衔一轮明月，
扫尽狂沙护阳春，
那铮铮铁骨里
喷薄出凛然正气。

听吧，
新世纪的晨钟
已经敲响，
我们按捺不住
心中的狂喜，
中国啊——东方龙，
我们正忘情地
唱你、画你、写你，
真是新的千年，
有千种豪气，
中国人想写
一千个巨大的"龙"字，
用篆书、隶书、楷书、草书，
用王体、颜体、柳体、毛体……

铺蓝天作纸，
举珠峰为笔，
我们用中国狂草
写下"龙年大吉"，
给东方龙
插上五彩的羽翼，
新的千年啊，

让一千条龙
在中国的天空翩翩起舞，
舞出一个
花团锦簇的春天，
舞出一个
红红火火的世纪！

二

当新世纪的大门
轰然打开，
我们徐州啊，
顿时增添了
几分靓丽。
喜鹊登枝，
喜报接一道喜报，
锣鼓迎春，
好戏连一台好戏。
我们站在观景台上，
顺风高呼，
让信鸽和银鹤
去传送一个
振奋人心的消息：
"亚洲杯铁人三项赛"在徐州举行，
体育之乡迎来了
徐州体育史上
规格最高的赛事。

当我们年轻的市长，
在新闻发布会上

做出一个坚定的手势，
全中国、全亚洲的目光，
都聚焦到这里！
"看两汉文化，
观云龙山水"，
"当好东道主，
办好铁人赛"，
一条条振奋人心的醒目标语，
闪射出万道虹霓。

快把街巷洒扫干净，
快将花木修剪整齐。
云龙湖，
这面映现徐州古今的明镜，
我们把它一遍一遍地擦拭，
让它展露出
徐州的热情与笑容，
让它展现出
徐州的风采和英姿，
青山绿水迎嘉宾啊，
让鲜花和气球
装点这盛大的节日。

你来自日本、韩国、新加坡，
他来自乌兹别克、尼泊尔，
一路路英雄，
一彪彪人马，
亚洲铁人在这里云集。
挑战自然，
挑战自我，

锻炼身体，锻炼意志，

用钢铁的信念，

把三项运动的旗帜举起。

不同的肤色、国籍

一起挽起臂膀，

语言的隔阂

在笑声中消失，

在彭城这一个舞台，

大展一回技艺，

借徐州这一方天地，

再创一次奇迹！

发令枪响，

争先扑入湛蓝的湖水——

云龙湖啊，

激起了千朵浪花、万顷涟漪，

敞开心怀，

拥抱你宽宽的肩膀，

一腔温柔

亲吻你健美的手臂，

清澈的湖水，

宜人的水温，

给了运动健儿

多少绵绵的情意。

蛙泳——

蝶泳——

自由泳——

健儿们劈波斩浪，

逆风前进，

一千五百米的游程，

龙腾虎跃的冲击……

登上湖岸，
快速更衣，
跳上赛车，
再创佳绩。
哪怕它路长坡陡，
谁管它汗水淋漓，
你追我赶，
超强度角逐，
飞转的车轮，
写下优美的诗句。
绿树招手，
青山致意，
朵朵飘浮的白云，
真想为你把汗水擦洗，
八十公里赛程，
八十公里掌声，
徐州观众送上饮料，
送上鲜花，
送上真诚的鼓励。
为运动员加油，
也是为自己加油啊，
在人生的道路上，
谁都需要拼搏奋力。
马拉松是最后的考验，
十公里，艰巨的十公里，
每一步都在冲刺。
看那分分秒秒，
听那一呼一吸，

运动健儿们都在
拼体力
拼耐力
拼意志!

我要把颂歌,
唱给那个
万人注目的孩子,
矮矮的个头,
小小的年纪,脚步却带起了
虎虎生气,
汗珠里闪耀着
纯洁的心灵,
笑脸上绽放出
春天的明丽,
踏着父辈的节拍,
用最年轻的脚印,
续写又一页历史。

我要把颂歌,
唱给最后的那个人,
他对掌声充耳不闻,
跌倒了重新爬起,
他不在乎别人已遥遥领先,
他不掩饰自己早已气喘吁吁,
尽管他远远地
落到了最后,
却依然
汗流浃背
健步如飞!

啊，铁人精神绽放出奇葩，
运动健儿刷新了纪录，
创造了奇迹，
光荣，属于这座古老的城市，
丰收，属于这座年轻的城市。

三

我的城市从远古走来，
用"力"和"美"
雕塑出多彩的时代，
彭祖导引
给了我们五千年淋漓的元气，
剽悍尚武
锻炼了徐州人健壮的体魄，
击水游泳
游过了"春秋"
游过了"战国"；
蹴鞠摔跤
为秦汉明月
增添了光彩。
看到汉墓中的那两柄利剑，
便能想象出当年搏击的场景，
欣赏那一块汉画像石，
怎不赞扬那杂技表演的生动姿态。
那是谁在举棋对弈，
千古光阴
从他的指间悄悄流过。
那是谁在弯弓射箭，

欢声雷动
喝彩的声音
响彻了云外。
在不息的运动中，
我们的城市
有了强劲的肌体。
在勇武的竞争中，
我们的人民把命运主宰。

我的城市从远古走来，
用肩和臂
打开了又一个时代，
和煦的春风里，
新苗茁壮成长，
五星红旗下，
培育出一代英才。
省运会、全运会、亚运会，
频频传来捷报，
四百米、八百米、五千米，
不断爆出精彩。
夺取亚军
问鼎冠军，
徐州人大步走上领奖台，
挥动手中的花束，
一展心中的豪迈。

你看，
那是谁掷出的铁饼？
把整个亚洲惊呆，
在蓝天下飞翔十五年，

在掌声里呼啸十五年，
"东方大力士"啊，
摘取一轮太阳，
化作胸前的金牌。
你看，
那是谁投出的标枪？
穿破了亚洲的云霭，
九次自我较量，
九次纪录再改，
"亚洲第一枪"啊，
果真是我徐州
巾帼风采。
你看，
那是谁飞车而过？
双轮奏出心中的欢快，
三十五次破全国纪录，
八次夺取桂冠，
"自行车名将"啊，
显示出我徐州人的气派。
你看，
那一群乒乓球小将，
力挫群雄，
技压四海，
银球如奔星
扬我国威；
国旗升起
喜泪满腮。
啊，徐州大地
培育了多少体坛奇才，
多少宿将新星

用生命燃起的熊熊烈焰，
振奋了我民族的情怀。

在这"田径之乡"和"武术之乡"，
群众性体育活动
轰轰烈烈，方兴未艾。
"棋村"对阵，
处处是"楚河"、"汉界"。
沛人习武，
村村有"周勃"、"樊哙"。
武林英杰掀起的
浩荡雄风，
惊天动地，历久不衰。
你看那
元旦长跑赛，
脚步声震动了全城，
几代人
火把相传数十载，
昂首阔步奔向未来！

四

一百年的渴盼，
一百年的期待，
一个世纪啊，
火药和雷声，
在我们的胸中掩埋。
屈辱和痛苦
把我们压抑得太重、太久，
沸腾的热泪

时时都在冲击着
我们的血脉。
等待着爆发，
等待着裂变
"站起来"的中国
要扫除头上的阴霾，
要抖落身上的尘埃！
在二十一世纪的第一个夏天
在信仰开花的七月，
美梦果然成真，
好运终于到来，
"我们赢了！"
电视机前的欢呼
引爆了千家万户，
疯狂的人群
涌上了十里长街。
中国多么拥挤，
北京多么狭窄，
攒动的人头，
挥动的臂膀，
汇成了人山人海。
激情与灯火
燃烧了千百座城市
锣鼓与唢呐
沸腾了千万个村寨。
用嘶哑的嗓子尽情地呼叫：
"我们赢了！"
中国，扬起笑眉
跨过艰难的门槛；
用含泪的声音高声地呐喊：

"我们赢了！"
中国，挺起胸膛
登上崭新的台阶。
记住这个
刻骨铭心的日子，
记住这个
动人魂魄的时刻，
当萨马兰奇蠕动的嘴唇，
吐出两个字：
"北——京！"
一声惊雷，
炸响了整个世界。
巨龙腾倬，
雄狮起舞，
顿时，
中国成了红火火的舞台，
狂歌劲舞
牵动了亿万双
黑眼睛、黄眼睛、蓝眼睛，
全球的朋友，
一齐为中国喝彩，
2008 年属于北京
光荣与我们携手，
自豪与我们同在！
我们同样优秀，
正气凛然
自立于世界民族之林，
我们证明自己，
在新的世纪
能够创造一个神奇的境界。

热血奔涌，
徐州人情系奥运，
今夜无眠，
彭城人心潮澎湃，
放飞激越的音符，
融进雄壮的合唱，
掀起欢乐的浪花，
汇入喧腾的大海。
抓住机遇
时不再来，
办好中国的事情，
责无旁贷；
振奋精神，
忘我工作，
奥运精神，
会让我们更高、更快。
让我们把承诺
许约给二○○八年的太阳，
一次最好的奥运，
正向世界飞吻，
一个五彩缤纷的中国
正把全天下的朋友
深情地等待。

五

新的世纪有太多的精彩，
每一轮初升的太阳啊，
都会让中国人喜出望外。

"申奥成功"的热潮还没有退去
"足球出线"的捷报接踵而来，
偌大的中国又成了欢乐的大海。
四十四年苦心追求，
四十四年努力不懈，
六次冲击，
六次失败，
几代人的梦，
几亿人的痛
挫折和屈辱
都用汗水和泪水记载。

中国龙，终将雄起，
中国足球的历史
可能今日更改，
五里河一声惊雷，
看咱们的国足，
将一只大球
踢出了亚洲
踢向了世界！
"世界杯，我们来了！"
这雄狮般的吼声，
喊出了中国球迷
心中的欢快。

谢谢你，
头发蓬乱的米卢，
你这个神奇的
怪怪的"老外"，
中国的"体育彩票"，

今天你算是中了"头彩"
在狂热的欢呼声中，
我们把你抬起来，
从五里河体育场出发，
前簇后拥，
绕中国一圈，
绕亚洲一圈，
绕世界一圈。
是你额头皱纹里
溢出的笑意，
把我们心中的冰雪融解，
是你倾洒了心血和智慧，
中国的足球之花
在一夜之间盛开，
把更多的掌声留给你，
让你分享我们的快乐，
把如火的激情献给你，
只有在
有亿万球迷的中国，
你才会赢得
这么多的爱戴。

谢谢"国脚"，
经历了
卧薪尝胆的苦涩，
几多风雨
浇不灭心中的烈火，
几多创伤
割不断跃动的血脉
是七尺男儿

就不会趴下，
是热血汉子，
就痴心不改！
圆圆的足球
是不落的太阳，
你们就是逐日的夸父啊，
眼前永远是
灿烂的光海。

谢谢你们，
中国的亿万球迷，
无论是青年、老人、
还是女童、男孩，
谢谢你们不衰的热忱，
谢谢你们对足球的痴爱，
你们亢奋的呐喊，
摇撼了三山五岳，
你们倾注的激情，
把中国燃成了一片火海。
我特别要歌唱
徐州的球迷，
你们的表现格外出色，
手里舞动国旗，
脸上画满油彩，
衣兜里装着
啤酒、茅台，
亲历五里河观战助阵，
让人们都赞叹
徐州人的潇洒豪迈。
在第一时间里，

目睹国足出线，
在第一时间里，
把喜讯传开，
把火爆的场景
全部装入镜头，
带给亲人朋友
一道精神大菜。

新的世纪，
有太多的精彩，
今天的中国，
备受青睐，
不停地进击，
不息地追逐，
我们就能摘取辉煌的奖牌！

第七支歌　饮鹤歌

一

让时光倒流九百二十六个春秋，
恰好是元丰元年的春天，
我们随着苏轼的宾客，
登山览胜，
步上云龙山巅。
看冈岭叠翠，
草木际天，
无名野花开得鲜艳，
听山雀啁啾，
黄鹂婉转，

潺潺溪水弹奏着琴弦，
细马红装布满了山谷，
云龙山人迎候在新居门前。

去年秋天山洪暴涨，
张天骥的草堂遭受水患，
第二年移居东山，构筑宅舍，
辟一方新土重建家园。
刚落成的放鹤亭，
檐牙高啄，
飞彩流丹，
亭前的庭院，
平坦开阔，
雅静悠闲，
亭西侧开凿了饮鹤泉
井泉水凛冽，清澈而甘甜。

张山人放鹤亭里摆下酒宴，
高朋满座纵情笑谈，
酒酣耳热真情涌动，
苏太守即席赋写诗篇：
"鱼龙随水落，
猿鹤喜君还。
旧隐丘墟外，
新堂紫翠间。
野麋驯杖履，
幽桂出榛菅。
洒扫门前路，
山公亦爱山。"
（鱼龙已经随着洪水退去，山人归来，

猿猴白鹤是多么喜欢，

在山丘的那边，

废弃了的草堂依稀可见，

青紫斑斓的山林里，

又建起了新的庭院，

驯良的野鹿，

在你的身旁跳动，

清幽的桂花，

散布在草木丛间，

门前的小路不停地洒扫，

隐居山林的人，

是这样地爱着青山。）

太守的诗句赢得了满堂喝彩，

宾主尽欢，兴会无前。

张天骥唤来畜养的仙鹤，

当众放飞，冲向蓝天，

彭城的山峦起伏连绵，

隐然犹如合围的大环，

唯独西面有一片缺口，

方显得气象舒展，天高云淡。

两只白鹤，

一声长鸣，

向西天飞去。

放鹤亭前，

白云悠悠，

波光闪闪。

翱翔的白鹤啊，

放飞了人们绵长的情思，

碧霄万里引发出诗情无限。

苏轼与张山人

友情深厚，交往频繁。

他挥动如椽大笔，

写下了不朽的名篇，

《放鹤亭记》抒发了旷远的情怀，

清雅的文字流传千年，

而那"放鹤"歌和"招鹤"歌啊，

音韵铿锵，扣人心弦——

"鹤飞去兮，西山之缺，

高翔而下览兮，择所适，

翻然敛翼，宛将集兮；

忽何所见，矫然而复击。

独终日于涧谷之间兮，

啄苍苔而履白石。

鹤归来兮，东山之阴。

其下有人兮，

黄冠草履，葛衣而鼓琴。

躬耕而食兮，其余以汝饱。

归来归来兮，西山不可以久留。"

（白鹤已经飞去了啊，

飞向蓝天空旷的西山，

翱翔在高空向下察看，

选择要去的地点，

它翻转身来收敛起羽翼，

仿佛是要栖息啊，

不知忽然看到了什么，

又矫健地冲向了蓝天。

终日独自在

溪谷的白石上徘徊，

啄食苍苔，

神态是多么安闲。

白鹤啊，你快回来吧，

归来到林木掩映的东山，

那里有一位隐居的山人，

足蹬草鞋，头戴箬冠，

身穿麻布织成的衣衫，

他正操琴而歌，

沉醉在山水之间。

躬耕而食，自给自足，

剩余的稻谷和菜蔬，

足能够让你饱餐，

回来啊，回来啊，

你不要把西山久久地留恋。）

白鹤闲适优游

寄托了苏轼的超逸旷放，

"放鹤亭"名闻遐迩，

为彭城留下了绮丽景观。

风云际会，

多少诗人唱和在彭城，

鹤起鹤落，

我的徐州啊，

聚集过多少俊彦先贤。

二

云龙山，山林毓秀，

饮鹤泉，泉水清寒，

白鹤落下，声鸣九皋，

白鹤飞起，一飞冲天。

这一方热土啊，
哺育了多少英才，
他们的精神和灵魂，
像银鹤翩翩，
永远在这里盘旋。

让我们轻轻地摇动
历史的长镜头，
锁定在这一百年，
有多少熟悉的面孔，
宛然就在我们中间。
每一个人都有
一段传奇的故事，
每一个故事
都载入徐州史志，
镌刻在我们的心间。

你看，那不是张伯英吗？
俯首书案，
手不释管，
诗文清新俊逸，
书法笔饱墨酣，
精于书画金石，
醉心乡土文献
人品高洁，名扬京津，
学植深厚，留下皇皇巨编，
二十二卷《徐州续诗征》，
字里行间
流淌出挚爱故乡的情感。

你看那画家李兰，
正在"听松草堂"
画松、画竹、
画水、画山，
胸中装着千丘万壑，
紫荆、蜡梅开满了花园，
寄情山川，笑傲林泉，
作品摘取了巴拿马银奖，
名声远播江北、岭南。

让我们走进
"李可染旧居"，
这青砖碧瓦的四合庭院，
影壁的砖雕上
仙鹤凌空，
青松苍劲。
影壁前
翠竹摇曳，
一串红开得鲜艳。
让我们放轻脚步，
轻一点，
再轻一点，
"云龙画屋"里，
还流动着当年的空气，
凝结着当年的时间。
那板壁上的
月琴和京胡，
仿佛还缭绕着
袅袅的清音，
那桌案上的

茶壶和茶碗，
仿佛还保留着
微微的温暖。
看那"黄山人字瀑"
正从中堂倾泻而下，
浪花水珠，
正向我们身上飞溅，
看那大师亲笔题写的对联：
"画成蕉叶文犹绿，
吟到梅花句亦香"
一勾一画映入我们的眼帘，
画家的气血与精神，
回荡在字里行间。
置身在这小小的画室，
真让人感到惠风和畅，
天远地宽。

啊，李可染，
从徐州走出的李可染，
你迈开双脚丈量着山山水水，
你蘸着心血和汗水，
为祖国的山河立传，
北国雪原，
《江山如此多娇》，
《漓江胜境》，
烟雨迷蒙，情满画卷，
你立志搜尽天下奇峰，
用生命画一幅
《万——山——红——遍》！

啊，李可染，
拄杖归来的李可染，
你披着一肩风雨，
把沉甸甸的行囊，
置放在旧居门前，
我们知道
你带回了太多太多的荣誉，
但是你徐州人的
爽朗性格终生未变，
你脚上的青布鞋
亲吻着家乡的土地
一幅"爱我家乡徐州"的题词，
倾吐出肺腑之言。
辛勤耕耘，师法自然，
土地和人民
给了你不竭的源泉，
你浓重的乡音
在牛背上起落，
你用那《牧童短笛》
吹奏出艺术的春天。

让我们寻访
当年的吉祥巷，
同健在的老人促膝交谈，
他们都记得
那个活泼聪颖的孩子，
一个家境贫寒的少年，
父亲是教会医院的挤奶工，
他从小就参加教会的"唱诗班"
莫扎特、舒伯特

引导他步入音乐的殿堂
西洋音乐给了他激情与灵感
在中学，
他熟练地演奏着二胡和琵琶，
民族乐器陶冶了他的情操与信念。

当抗战的烽火燃红了半壁河山，
他的耳畔回荡着救亡的呐喊，
到前线去，到延安去，
像聂耳，像冼星海，
把满腔的怒火，
化作燃烧的音符，
化作复仇的子弹，
而对解放区的军民，
他却有着倾心的爱恋。
用新秧歌和新歌剧，
唱啊，真情地唱啊，
唱出一方新世界，
唱出一片艳阳天。

在他的歌声中，
我们走进"南泥湾"，
手捧起五彩缤纷的花篮，
送给三五九旅的模范，
是他们挥动铁臂，扬起镢头，
让荒山变成了陕北的好江南。
在他的歌声中
我们看那生动的表演，
《夫妻识字》，互帮互学，
边区的人民

彻底推翻了身上的大山。
在他的歌声中
幕布徐徐地拉开
一个迸着血泪的故事，
展现在我们的眼前，
旧社会把人变成了鬼，
新社会砸断了千年的铁锁链
一个阶级的家谱，
一个少女的辛酸，
一部歌剧《白毛女》啊，
家喻户晓，世代流传。

马可啊，
人民音乐家马可，
你的主旋律永远只有人民，
谱写他们的心声，
歌唱他们的悲欢，
植根生活，心系人民，
你的心中涌动着时代的波澜。
马可啊，
从徐州走出的马可，
你的乐曲
校正了我们
人生的音准，
你的激情
点燃了我们
青春的烈焰，
让我们永远跟你一齐唱
唱《咱们工人有力量》，
唱《我们是民主青年》，

唱《轻凌凌的水，蓝莹莹的天》——

让我们去走访邳州戴场，
这小小的村庄啊，
用大运河的乳汁，
哺育了诗人舒兰。
今夜恰逢中秋，
月色正好，
在月光如水的乡场上，
我们正好听一群孩子朗诵《乡色酒》
——这动人心弦的诗篇：
"三十年前
你从柳树梢头望我
我正年少秋色正好
你圆
人也圆

三十年后
我从椰树梢头望你
你是一杯乡色酒
你满
乡愁也满"
哦，简短的诗行，
悠长的思念，
游子的乡愁，
蕴蓄了三十个秋冬，
酿成了苦酒一坛，
家乡的古柳，
南海的椰林，
那同一轮明月，

把诗人苦苦地纠缠。
大运河如梦的乡音，
牵引着诗人多情的诗魂，
岁月愈久，
走得愈远，
缕缕的乡思愈难割断，
诗人啊，
你说你是一枝"瓶竹"，
只靠一点点清水，
只靠有限的日光，
根须伸了又伸，
却总难触及
故乡的泥土，
你被围禁在一个冰冷的空间。

你说你是一条鱼，
在海水里
沉默一如贝壳，
在孤岛上
你像秋天的落叶，
被时光埋葬，
被海水席卷。
诗人啊，
我们听到了你赤诚的呼喊，
"我要回去，
最好在植树节前，
回到故乡
——种几棵树
——我也心安"！

你带着深深的爱憎，
灼人的乡愁，
醉成——
"一只渡海的蝴蝶"，
醉成——
"一只扑火的飞蛾"，
飞向母亲的怀抱，
寻找光明，寻找春天。

舒兰啊，
从徐州走出的舒兰
回来吧，
故乡在把你期盼。
我们盼你，
在榴花盛开的五月归来，
麦熟杏黄，
笑声洒满了场院，
你正好踏着布谷声
走进金色的田垄，
任沂蒙山风吹拂你的衣衫。

回来吧，我们盼你，
在雪花飘飘的腊月归来，
鞭炮锣鼓，
迎来一个丰收的大年
你仿佛又回到了儿时的瑞雪里，
看热腾腾的水饺，
伴着老姥姥的笑脸。
回来吧，
你最好还是在中秋佳节归来，

那柳树梢头，
一轮皓月，
把清辉洒满人间，
一杯"运河香醇"，
为你洗尽一生的风尘，
月圆
人圆
喜庆团圆。

啊，徐州百年人才辈出，
各领风骚做出了贡献，
这一片土地，
因此而溢光流彩，
彭城文化，
因此而绚丽璀璨。

三

这里是文化之乡，
这里是人才的摇篮，
这里紧靠着孔孟故里，
自古以来，
书声琅琅，弦歌不断。
这里连接吴越，
面对中原，
多种文化交流、撞击，
构成了汉文化的特色，
丰富了汉文化的内涵，
汉风汉韵
给了一代代人无声的陶冶，

诗书教化
滋润着志士仁人的心田。

遥想这里的黄土路上，
曾经滚过
孔丘和孟轲
颠簸的车轮，
在那千年古松的
绿荫盖下，
曾经摆开过
神圣的讲坛。
斗转星移，
有多少经师大儒
来徐州说经传道
有几多学宫文庙
蔚为壮观，气象不凡。

遥想那
云龙山西麓的黄茅冈上，
矗立过一座云龙书院，
清代的明月，
悬挂在紫翠轩前，
照过康熙，
照过雍正，
照过乾隆，
如水的夜色，
就像那流动的清泉。

在这里汇集过
多少学者，多少生员，

切磋砥砺
纵情地笑谈。
撷英拔萃，
有多少人才
从这里脱颖而出，
争奇竞秀，
有多少栋梁
将重任挑在了双肩。
凤鸣书院、昭义书院，
钟吾书院、歌风书院……
一个个书院像雨后的花圃，
东风化雨催开了春色满园。

徐州杏坛
留下了千古佳话，
今天啊，教育事业
正谱写崭新的诗篇。
一座座高校
扎根徐州，蓬勃发展，
教学科研喜讯频传。
校园里的读书声，
唤醒了一个个金色的晨曦；
实验室的灯光，
点燃了一个个不眠的夜晚；
计算机中心，
时刻都在同世界对话；
研究所的师生，
正组织新的攻关，
瞄准宝洁、海尔，
叫板联想、微软。

今日的大学生，
有无限的发展空间，
发奋苦读，励志磨炼，
在未来的竞争中
占据主动，施展才干。

你看那位
从乡间小路上走来的姑娘，
你看那个
来自边远省份的青年，
目光是多么自信，
脚步是那样矫健，
刚刚通过的博士论文答辩，
向祖国递交了出色的答卷。
此刻啊，
他们正构思
远方的风景，
要用青春
去编织明天的花环。
你看，
在这七月流火的夜晚，
"谢师会"正开得情意缠绵，
又一批银鹤
要展翅飞翔，
又一届毕业生
要告别校园，
走向学校，
走向医院，
走向矿山，
去做改革事业的弄潮儿，

去追风踏浪
搏击云天!

让我们去访问
一所农村中学,
同一位名校长
随意交谈,
问他们是如何
辛勤耕耘,经冬历夏,
呕一腔心血换来了
满园芬芳,桃李争艳。
每一轮太阳,
都会给人带来新的憧憬,
新的岁月,
育人者会有
新的思考、
新的理念,
我们认真地翻阅
那一本《校长日志》
一股甘泉流向了心田;
鼓励创新,
发展个性,
治学刻苦,
治校从严。
素质教育绽放新花,
新型人才出自少年。

让我们去参观
睢宁实验小学,
这里是培养

儿童画人才的摇篮，

美术教育在这里创造了奇迹

"春天的花朵"创作出春天。

你看那是谁

正驾着飞船

在太空遨游？

你看那是谁

正在竹林里

同小熊猫荡着秋千？

那是谁画的《牧鹅图》

千只白鹅

正在碧波中嬉戏？

那是谁画的《新春乐》

锣鼓鞭炮

正欢庆又一个新年？

每一颗纯真的心灵，

流动着五彩缤纷的世界，

一双双童稚的眼睛，

透视出千变万化的空间，

小小的画笔啊，

牵动了世界的目光，

赤橙黄绿，

描绘出了绮丽的梦幻。

啊，

新苗正茁壮成长，

白杨已染绿长天。

鹰击长空，

银鹤翩跹，

水阔天空任盘旋。

看咱一代代徐州人，

奋起接力，薪火相传，

再创人文新景观。

第八支歌　猛士歌（之一）

为了一棵树
　　——写给勇创"红杉树"品牌的人们

人间有多少

奇异的花草，

世上有多少

珍贵的树木，

有多少能工巧匠

把春色

精心剪裁，

有多少辛勤园丁

把生命

深情培育。

每一片绿荫

该用多少

汗水倾洒？

每一簇鲜花

该用多少

心血灌注？

为了让生活

五彩缤纷，

为了让世界

生机蓬勃，

又有多少人

用青春的音符，
谱出了
一支支
优美的歌曲。

今天啊，我的歌
唱给那些
朴实无华的人，
他们平凡的事迹，
壮人情怀
感人肺腑——

在一个短暂的假期，
在一个炎夏酷暑，
我在滇西北的
大地上旅行，
目不暇接的
是神奇的风物。
在冰峰连天的
玉龙雪山的南麓，
我看到了
一棵五百年的茶树；
在古乐萦绕的
玉峰寺里，
我看到了
一位守护山茶的老人
——八十三岁的纳都。

那是一棵
传说中的神树，

吸引了
无数的游人驻足，
那是一位
虔诚的圣徒，
赢得了
众口一词的赞誉。
树和人，人和树，
形神融到了一处。

玉峰山茶啊，
根扎悬崖峭壁，
头顶雪峰冰谷，
树干粗壮撑起蓝天，
枝条交错，
绿叶相护。
浓荫织成了
一片花棚，
花枝婆娑
任凭山风吹拂，
每年春夏，
花蕾一批批绽放，
硕大的花朵啊，
香气馥郁。

纳都老人啊，
三岁出家剃度，
七岁来寺院居住，
八十次寒来暑往，
八十年风晨雨暮，
他用一颗赤心

万般真情，

日日夜夜

把山茶守护。

那每一片绿叶啊

都在他的梦中伸展，

那每一个花瓣啊，

都从他的心田吐出。

他用青春

染红了寂寞的山崖，

让烂漫的春光

洒满了山谷。

他的一生

平平淡淡，

忙忙碌碌，

山茶花却开得

热热闹闹，

如火如荼！

在一座

历史文化名城，

在一方

美丽的沃土，

有一批

锐意进取的人们，

培植出了

另一种

神奇的树木——

红杉树啊，红杉树，

它沐浴着

改革开放的
春风雨露。
这来自
北美的树苗,
远渡重洋,
落脚在西湖。
红杉树啊,红杉树,
这充满生气和诗意的名字,
在彭城大地,
走进了千家万户,
它鼓舞着
徐烟人高瞻远瞩,
开拓出了一条
创业的新路。

二十年磨砺
走过了坎坷,
二十年攀登
历尽了艰苦,
红杉树
搏击雷电,
笑迎风雨。
而今啊,
高耸入云,
一片葱郁,
它天天向上,
显示出
明星企业的面貌,
它英姿飒爽,
代表着

徐烟人的风度。
它朝气蓬勃，
是徐烟人生命的标尺，
它坚韧挺拔，
是徐烟人精神的支柱。
为了它的茁壮成长，
徐烟人甘愿把
全部的生命付出！

跨越无数关山，
回首漫漫征途，
徐烟人豪迈地
走过了
"七五"——
"八五"——
"九五"——
企业的决策者，
卓识远见，
抢抓机遇，
用理想的彩笔，
画出了
徐烟的蓝图：
科技兴厂，
只争朝夕，
背水一战，
义无反顾。
更新设备，
引进技术，
跟上时代发展的脚步。
技术改革

好像一把利剑，

徐烟人

手持它

披荆斩棘，

技术改革

腾起一条巨龙，

它载着

徐烟人

穿云破雾！

看吧，

在机器轰鸣的车间，

在你追我赶的班组，

大手相握，

红心相连，

汗水和智慧凝聚到一处，

多少个冬晨，

严霜铺地

寒流滚滚，

多少个夏夜，

狂风呼啸

暴雨如注，

徐烟人铭记着那些战斗的岁月，

一步跨越一个崭新的高度。

"红杉树" ——

——"特醇红杉树"

——"贡品红杉树"，

徐烟人

创制出的名牌

跨过江南，
走出了江苏。
"东渡""优奇""金山寺"——
"锡梅""方塔""瘦西湖"——
徐烟人培育出
一片浩瀚的森林，
徐烟人营造了
一个绿色的家族。

新世纪的晨钟
即将敲响，
又一轮红日
喷薄而出，
让我们挽起
钢铁的臂膀
让我们迈开
矫健的步伐，
一切从零开始，
再展壮志宏图。

远航曲
　　——写给徐州工程机械集团的船长和水手们

　　徐工集团从小到大，从弱到强，从一个地方老国有企业成长为中国工程机械行业的航母和排头兵。在改革开放的大潮中，在市场经济的海洋里，徐工集团这艘百亿航母，正高挂云帆，破浪远航。

扯起篷，扬起帆，
喊起号子冲云天。
好山好水好日月，

快风快浪行快船。
航进——
航进——
百亿航母在航进，
一路高歌，
前程万里远！

回首来时路
波涌浪涛翻。
飓风掀狂澜，
急雨打船舷。
乱云飞渡鸥鸟叫，
万钧雷霆挟闪电。
海上多覆舟，
桅折樯橹断。
港湾有停船，
抛锚避凶险，
谁敢弄潮踏风浪，
凌云志向身手健，
英雄谋略英雄胆！

看啊，看——
船长船头立，
远望又高瞻，
任凭风卷十级浪，
心中一片海蓝蓝。
看啊，看——
水手齐摇橹，
甩下千滴汗。
号子船歌慑风雷，

笑语迎来艳阳天。
航进——
航进——
心中有航标，
不畏征途远。

绕暗礁，过险滩，
踏平九十九层浪，
闯过九十九道关。
风险过后，
万顷大海如明镜，
海鸥白云多悠闲。
渔舟点点弄波光，
螺号声声伴管弦。
晚霞燃烈火，
大海织锦缎。

风也软，
浪也软，
水手正好入梦乡，
梦境香又甜——
归途多鲜花，
岸芷间汀兰。
欢歌笑语掌声起，
红灯高悬，
摆起庆功宴，
美酒正好洗风尘，
儿女情深意缠绵……

不啊，不！

蛟龙岂可离大海，
骑手怎能下雕鞍。
夜寝梦寐齐呼唤：
航进——
航进——
意气风发"徐工"人，
蹈海踏浪志不移，
勇往直前。

急浪谱壮歌，
碧海赋诗篇。
人生搏击风云里，
生命才绚烂。
船桅高耸不落帆，
航程才璀璨。
搏击——
奋进——
再搏击——
再奋进——
青春写箴言。
扯起篷，扬起帆，
号角响起冲云天。
昨日辉煌已过去，
脚下又是新起点：
登高处，
抬望眼，
前程万里水漫漫，
再驾航船迎巨浪，
志高气如山！
航进——

航进——
祖国航船迎风雷，
旭日永在前！

第九支歌　猛士歌（之二）

平凡英雄 [1]
　　——唱给徐州下水道四班

当月光扇动透明的羽翼，
把大地轻轻拍入梦境，
这时候，在公园的农荫里，
情侣们正用眼神诉说着深情。
当乌云挥动暴雨的长鞭，
把江河抽进城市之中，
这时候，在电视机前的沙发上
人们正为精彩的射门把手掌拍红。
这时候，大街上稀了行人和车辆，
这时候，出现了下水道四班工人的身影。
她们潜进城市的肠道里，
向污泥浊水，向世俗偏见，
发起了短兵相接的进攻！

十二名职工中有十名女士，
爱美，是她们的本性。
难道她们不想穿上夜礼服，戴上金项链
去卡拉 OK 厅，去梦幻娱乐城，
潇洒潇洒，轻松轻松？
难道她们不想陪着孩子和老公，

---

[1] 采用了刘欣的朗诵诗《彭城英雄》，并略作补充。

在发烧的夏夜，

去湖畔散步和游泳？

多少年过去了，

青春，在下水道里悄悄流逝。

白嫩的双手结满老茧，

关节，渗透风湿性疾病。

蜿蜒黑暗的下水道啊，

没有阳光，

没有花草，

没有鸟鸣。

有的是令人窒息的沼气，

有的是吸血嗜臭的蚊蝇。

仿佛阴间的冥河，

流淌着死亡和阴冷……

是的，她们也有过屈辱的泪水，

有过一次又一次爱的不幸，

但是，她们也有中国人民

雨浇不掉的品质，

雷劈不倒的使命，

岁月侵蚀不了的忠贞！

黄昏就是黎明，

污泥就是敌情，

雷声就是命令！

汛情紧急，全班的家属一起上阵；

无怨无悔，甘做二班的"编外职工"。

在城市母亲的一声声呼唤里，

她们弯下脊背，举起良心，

用一丈二尺长的泥耙，

用全部的真情和赤诚，
使动脉硬化的古城，血脉畅通……
如果说，矿工是城下的普罗米修斯，
下水道工人，就是地下的华佗医生。

不是吗，当积水成灾，
孩子被围困在学校；
当工厂进水，停电停工，
是她们日夜排污，
成为抢险第一线的尖兵。
不是吗，当雷声骤起，暴雨倾盆，
居民的冰箱彩电浸泡在水中，
许光萍带领着四班的姐妹，
跳进去疏通了窨井。
不是吗，面对老大娘答谢的六十元钱，
她们摇摇头，报以诚挚的笑容。
不是吗，当一位病危的老人呼唤女儿的名字，
她的女儿关永淑却穿上雨衣
噙着泪水，去与洪水抗争……
像鲜藕，裹污泥而心纯，
似荷花，出污水而洁净。
在她们的身上，凝聚着
中华民族五千多年的文明！

金菊在秋阳下盛开，
一串红把喜庆的日子染得火红。
一九九六年十月二十六日
四班的每个人都把它铭刻在心中。
在小小的工房里
她们和中央首长团团围坐，谈笑风生。

中央首长嘘寒问暖，
夸奖她们，
宁肯一人脏，换来万人净。
高尚的思想情操令人崇敬
"党和人民感谢你们！"
中央首长站起来，
向四班工人深深地鞠了一躬。
这一鞠躬——
拉直了多少人歪斜的目光！
这一鞠躬——
令亿万人民怦然心动！
"九十年代时传祥式先进群体"啊
在中国辽阔的大地上，
卷起了浩荡的春风。

站在云龙山顶，
仰望彭城上空天体的运行——
太阳赢得了赞歌，
是它的巨轮，
轰轰烈烈滚过了天空。
月亮赢得了诗篇，
是它的明镜，
清清白白映照着人生。
在太阳和月亮巨大的身影里，
仿佛渺小了闪闪的群星……
那可是一盏盏不熄的灯啊，
悄悄祝福人们夜半而行；
那可是一颗颗金子般的心啊，
默默为人间输送光明。
我们歌唱那些叱咤风云的勇士豪杰，

更崇敬那些默默奉献的无名英雄。
他们在平凡中创造着伟大，
在常人难以忍受的痛苦中，
冶炼着对光明的坚如磐石的爱情！

于是，天体才得到平衡
世界才这样和谐
我们的生活
才有了应有的笑容和美梦……

古城新曲
——写给沛县创建精神文明的人们

这个县很小很小，被遗忘在苏北的一隅，被丢弃在徐州的一角。这个县很老很老，它是千古神龙吐出的一颗珍珠，在微山湖畔闪耀。

经受了多少风雨剥蚀，
经受了多少烟熏火燎。
见证它的
是那黄土小路，
废弃的河道。
装点它的
是那几棵古柳，
一片衰草。

曾记得那城中的老街，
狭窄曲折，
左弯右绕。
石板路上的雨水，
冲洗着贫瘠的岁月；

破旧的小店铺，
在凄风冷雨中飘摇。
曾记得那街心的钟楼默默伫立，
翘首远眺，
它执着地守护着黄昏，
又虔诚地祈盼着清晓。

这里却依然是
兵荒马乱，干戈纷扰。
年复一年！
哪里有什么吉祥平安
饥馑的土地上，
听到的是哭泣呐喊
看到的是乞丐饿殍。

不会忘记那道古城墙吧
黄土坍塌，
砖石倾倒。
护城河边，
白杨萧萧，
落叶飘飘，
炊烟升起，
倾诉着缭绕的忧愁。
牛羊下来，
每一个日子都半饥半饱。

不会忘记那座"歌风亭"吧，
小桥通幽，
荷塘环绕，
"大风碑"镌刻着千古佳话，

一撇一捺间，
都能听到大风呼啸。
琉璃井、
射戟台、
樊哙庙，
留下一个个古老的故事。
世世代代，
从祖到孙，
传说着神奇，
咀嚼着骄傲。

时光之手，
将陈年皇历一张张翻过。
闪光炫目的镜头，
定格在今朝。
看吧，一座现代化名城，
在淮海经济区崛起，
一百二十万沛县人
正把新世纪的神话打造。

"把沛城做大做强做美"，
多么振奋人心的口号；
"高起点，大手笔，超常规"，
多么宏伟的目标。
沛县人挥洒智慧和汗水，
笔走龙蛇，
绘出古城新貌。

看吧——
纵横贯通的条条新街，

宽阔平坦的林荫大道，
扑面而来的楼群，
气势恢宏的城雕，
汉街、汉城、
歌风台、高祖原庙，
大型仿汉建筑群，
形成了汉文化景区。
城中城、园中园，
把刘邦故里
装点得分外妖娆。

历史悠久的小城啊，
像涅槃的凤凰，
开屏的孔雀，
在三月的春风里，
抖动着美丽的翎毛。

让我们走进
温馨幽雅的小区吧，
去分享他们乔迁的欢乐，
去听一听他们幸福的谈笑——

在鼓楼小区的新居里，
一位退休老教师，
流下了激动的眼泪，
说起家乡巨变，
他却又神采飞扬，手舞足蹈。
一家三代告别了破旧的平房，
这满室阳光，
阳台上的花鸟，

　　使他又青春年少。

　　在滨河小区，
　　我看到了一位青年医生，
　　他正忙着装修，
　　精心构筑自己的爱巢，
　　买了新房引来了凤凰，
　　新婚的喜日就要来到。

　　在迎宾小区，
　　正进行文艺演出，
　　一阵阵掌声和欢笑，
　　把快乐推向了高潮。
　　秧歌扭出了时代风采，
　　腰鼓打出新的音调，
　　一声"梆子"喊出心中的豪情，
　　喇叭唢呐吹奏出小区的热闹。

　　让夜晚的霓虹灯去炫耀，
　　去炫耀现代化城市的溢光流彩。
　　让清晨的花圃去绽放，
　　绽放出文明之花的富丽和妖娆。
　　今天的沛城充满了青春与活力
　　处处是康乐祥和，艳阳普照。

　　俯视这一方热土吧，
　　它孕育过繁荣鼎盛；
　　仰望这一片蓝天吧，
　　它卷起过飓风狂飙。
　　天地间走来的汉唐子孙，

今天正手擎风旗，龙腾虎跃。
江苏的北大门靓起来，
让我们与文明同行，
挥洒汗水和激情，
再把新的辉煌铸造！

说诗晬语（诗跋）

一

我和一位老诗人
灯下对坐
一边拜读他的诗集
一边听着他的述说
他说他的诗神
驾着纯金的三轮马车
日日夜夜
驰骋在生活的旷野
真、善、美
——是他留下的车辙

二

生活之花五彩缤纷
开在深秋
也开在早春
盛夏，吐着火红
隆冬，散着芳芬
不断地采集
不停地酿造
勤劳的工蜂啊

犹如我们的诗人
献出蜜汁，献出甘美
献给人们上等的精品
诗人啊，愿你献出的
都是蜂乳、王浆
给人以甜蜜
给人以欢欣

三

诗句，像一串青果
挂在生活的绿枝
诗人呀诗人
请不要匆匆忙忙动手采撷
给他养分
给他日照
用汗水和深情
灌满他的汁液
愿你多多收获熟透的果实
不要生硬，不要酸涩
采撷圆熟，采撷甜蜜

四

我的胸中
自有一副炉锤
真情的烈焰
烧沸哗哗的钢水
一千次淬火
一万次锻打

诗句啊
愿你精炼而纯美

五

诗人虽然死了
他的诗却还活着
轻抚着他的诗集
按到了他的脉搏
诗行里
流动着他的血液
字句间
溢出了喜怒哀乐

跋

周静侠

二〇二三年四月

徐荣街（1941—2022）笔名夜舟，江苏沛县人。江苏师范大学文学院教授，中国现代文学硕士研究生导师，中国现当代文学研究专家、诗人，享受国务院政府特殊津贴。

1960年，荣街从江苏省运河师范学校毕业，被保送到徐州师范学院（今江苏师范大学）深造。1964年大学毕业，因成绩优异留校任教，曾担任师大中文系主任十年，并兼职徐州市文联副主席、省作协理事。作为教育工作者，他忠诚党的教育事业，勤勤恳恳，数十年桃李满天下，培养了一批又一批优秀的语文教育工作者。他的座右铭是"选择了教育，就选择了奉献；选择了教师，就选择了无悔"。作为现当代文学研究专家，他一生笔耕不辍。主要学术著作有《中国新诗人论》《二十世纪中国诗歌论》《斑斓的枫叶》《湘西之子沈从文》《小学语文古诗词译析》，主编了《现代抒情诗100首》，合编《古今中外朦胧诗鉴赏辞典》《现代抒情诗选讲》《唐宋词选译》《唐宋诗选译》《唐宋词百首译注》《中国现代文学词典》《教子诗选》《古诗词评析》等。离世前完成了60万字的《中国新诗百年史》，尚未来得及出版。

荣街在诗歌上亦创作颇丰。他青少年时期就酷爱诗歌。除熟读中国古典诗词外，喜爱郭沫若、闻一多、蒋光慈、艾青、徐志摩、戴望舒、冯至等人的新诗，并在《文汇报》《新华日报》《江苏青年报》《徐州日报》及《江苏文艺》《雨花》等报刊上发表了许多新诗作品，成为一位享誉文坛的诗人。他的代表作《你只有二十二岁——雷锋颂》，对雷锋那定格于二十二岁的年轻生命所展现的伟大精神进行了激情澎湃的歌颂。这首诗发表在《中国青年》杂志 1963 年 5、6 合刊的"学习雷锋同志专辑"上，与毛泽东、周恩来、刘少奇等老一辈革命家的题词排在一起，和董必武、郭沫若的题诗排列在一起，影响巨大。之后他又在《中国青年》杂志上陆续发表了《接班人之歌》《绿野放歌》等诗作，并在《诗刊》等顶级文学杂志上发表了大量诗作。《接班人之歌》曾在中央人民广播电台播出，并多次在各大型诗歌朗诵会上朗诵，产生了很大的轰动效应，2011 年被收入庆祝中国共产党成立九十周年《红色经典作品朗诵》一书。诗歌《眼睛》1980 年获中国人民解放军原总政治部文学创作奖。诗集《冲浪歌》书名由原文化部部长、中宣部副部长贺敬之同志题写。

　　荣街生前计划《中国新诗百年史》脱稿后再慢慢整理诗集。但不幸天不遂人愿，《冲浪歌》刚刚整理过半，他就与世长辞了。为了实现他的遗愿，我和家人在悲痛未定之中开始这本诗集的搜集整理工作，儿子徐剑、媳妇袁辉和孙女徐因之、徐雨萌等都积极参与了资料收集、处理杂务等各项工作。这本诗集得以出版，离不开江苏师范大学和文学院领导的关心和大力支持，在这里我特别感谢江苏师大退休的周广秀教授。他是荣街的学生及同事，在成书过程中，他放下家中所有的事，不分昼夜，辛勤整理，为诗集早日问世花费了大量的时间与精力。我作为荣街家属，对此深表感谢。